U0454148

卢茂君

著

井上靖
的
中国文学
视阈

知识产权出版社
全国百佳图书出版单位

图书在版编目（CIP）数据

井上靖的中国文学视阈／卢茂君著.—北京：知识产权出版社，2019.3

ISBN 978-7-5130-6080-6

Ⅰ.①井… Ⅱ.①卢… Ⅲ.①井上靖（1907-1991）－文学研究 Ⅳ.①I313.07

中国版本图书馆CIP数据核字（2019）第027014号

内容提要

本书梳理了日本作家井上靖创作的中国题材历史小说和散文诗、随笔等作品，并对其重点作品《苍狼》《孔子》以及对战争的文学反思等领域进行了深入研究。目前为止，中国学界对井上靖创作的中国题材历史小说研究得比较多，但是对其散文诗和随笔关注得比较少，而实际上，井上靖文学的出发点是散文诗，其在近半个世纪的文学创作生涯中始终是散文诗和小说并行创作，有些中国题材小说的创作起点原本就是相同题名的散文诗。所以，研究井上靖的中国题材散文诗有利于我们更加全面地了解井上靖的中国题材文学创作。井上靖担任日中友好协会会长期间多次到访中国，并创作大量与中国相关的随笔，这些随笔也值得深入研究，使读者更加了解井上靖的文学全貌。

责任编辑：冯 彤　　　　　　　责任校对：潘凤越
封面设计：张革立　　　　　　　责任印制：刘译文

井上靖的中国文学视阈

卢茂君　著

出版发行：	知识产权出版社有限责任公司	网　址：	http://www.ipph.cn
社　址：	北京市海淀区气象路50号院	邮　编：	100081
责编电话：	010-82000860转8386	责编邮箱：	fengtong@cnipr.com
发行电话：	010-82000860转8101/8102	发行传真：	010-82000893/82005070/82000270
印　刷：	三河市国英印务有限公司	经　销：	各大网上书店、新华书店及相关专业书店
开　本：	880mm×1230mm　1/32	印　张：	8.25
版　次：	2019年3月第1版	印　次：	2019年3月第1次印刷
字　数：	145千字	定　价：	48.00元

ISBN 978-7-5130-6080-6

出版权专有　侵权必究

如有印装质量问题，本社负责调换

目 录

1/　　第一章　井上靖的中国文学地图

3/　　　　第一节　成长经历——文学的萌芽期
3/　　　　一、幼年经历
9/　　　　二、诗的洗礼
17/　　　第二节　十年新闻记者——文学的酝酿期
25/　　　第三节　"中间小说"——文学的发展期
30/　　　第四节　历史小说——文学的全盛期
33/　　　　一、发展期（1950～1954）
37/　　　　二、成熟期（1957～1961）
39/　　　　三、全盛期（1963～1969）
44/　　　　四、绝笔之作（1981～1989）
45/　　　第五节　社会活动——文学的实践

57/　　第二章　"西域情结"与中国题材
　　　　　　　历史小说

58/　　　第一节　从"西域情结"到小说创作
62/　　　第二节　"西域情结"的核心：《敦煌》《楼兰》
62/　　　　一、小说《敦煌》
72/　　　　二、敦煌系列散文诗
76/　　　　三、小说《楼兰》
80/　　　第三节　西域题材小说中的女性形象

81/ 　一、贞洁

87/ 　二、坚忍

91/ 　三、唯美

94/ 　第四节　井上靖的"西域情结"在中国的余响

101/ **第三章　诗与小说：酵母与释义**

102/ 　第一节　散文诗——文学的出发点

109/ 　第二节　诗与小说并行创作

119/ **第四章　诗与史的融合：《苍狼》
　　　　　还原抑或解构"历史"**

120/ 　第一节　草原作品的创作肇因

122/ 　一、成吉思汗与源义经

125/ 　二、《成吉思汗实录》

131/ 　三、破解铁木真出身之谜

136/ 　第二节　围绕《苍狼》文学属性的一场论争

136/ 　一、草原史诗《苍狼》

145/ 　二、历史小说《苍狼》

152/ 　三、何谓历史小说

169/　第五章　虚往实归——井上靖晚年
　　　　　　　的"孔子"之道

170/　第一节　井上靖的小说《孔子》
170/　一、《孔子》的小说化
177/　二、《孔子》的取材
182/　三、《孔子》中的孔子形象
186/　第二节　井上靖的"孔子"之道
186/　一、抗争"天命"
191/　二、"仁"与"礼"
197/　三、"逝者如斯夫"

211/　第六章　井上靖对战争的文学反思

212/　一、《猜想井上靖的笔记本》
219/　二、《石庭》祭友
224/　三、对战争的文学反思

234/　参考文献

255/　后　记

第一章

井上靖的中国文学地图

　　每一位作家，都有一幅由创作的作品绘制而成的文学地图。地图上面每一处不同时期的人物和地点坐标，都是解读作家创作文本及进入其深广的内心世界不可或缺的文学密码。作家的艺术生命靠他的文学地图延续着，莎士比亚笔下的斯特拉福德，雨果笔下的巴黎，狄更斯笔下的伦敦，以及井上靖笔下的敦煌、楼兰等都无不如此。

　　一个意味深长的现象是，作家文学地图上的坐标原点，往往就是他童年记忆最深刻的地方，也是日后给作家的写作带来无尽素材和灵感的心灵故乡。这故乡可能是一处，也可能是多处。真实的和文学创作中艺术想象出来的两个故乡之间，是息息相关的。美国作家威尔第说"事实是，小说与地方的生活密不可分。""地方提供了'发生了什么事？谁在哪里？有谁来了？'的根据——这就是心的领域"。也就是地理为文学提供了艺术想象的领域和空间。这自然是研究作家作品的另一个独特视野。本章节尝试通过从井上靖文学地图上的坐标原点开始探索，梳理出一部明晰的井上靖中国文学地图，并由此呈现出这幅文学地图所蕴含的思想内涵。

第一节

成长经历——文学的萌芽期

一、幼年经历

1907 年 5 月 6 日，井上靖生于北海道上川郡旭川町的三代军医世家。井上家族原籍在静冈县田方郡上狩野村的汤岛。其父井上隼雄出生在上狩野村门野原，本姓石渡，从金泽医学专科学校毕业后成为一名军医，后与井上家长女八重结婚入赘改姓井上。井上靖三岁时被送到汤岛，由外曾祖父井上洁的妾加乃抚养。加乃长期伺奉井上洁，他为了报答她的辛劳，让她作为八重的养母入了户籍。所以在家里加乃就成了井上靖的庶祖母。把井上靖寄养在庶祖母加乃处最初原本是井上靖父母的权宜之计，但后来基于多方面原因不得不一直持续下去，而庶祖母则认为有井上家族的长子作为所谓的"人质"放在自己身边，精神上有所寄托，也不愿放手。井上靖在《我的自我形成史》一文中用"同盟"一词来形容他与没有血缘关系的庶祖母之间的关系。井上靖通过庶祖母的讲述，了解到外曾祖父井上洁的事迹以及外曾祖父与其恩师松本顺之间的故事。在小说《道多尔先生的手套》里，井上靖以小说的形式描述了外曾祖父与庶祖母之间的爱情以及其恩师松本顺的事迹。这段时期的经历在一定程度上决定了井上靖后来的文学思想意识。井上靖曾说，在种种人际关系之中，他最欣赏的是师生关系，认为诲人不倦的先生与学而不厌的学生之间的情感，是永远值得珍惜的。井上靖晚年创作的《孔子》，与其他作家的不同之处是他从一个弟子对孔子的敬仰之情着笔展开情节，其中对孔子及其弟子之间关系的描写注入了自己对师之敬、对生之爱的感悟。

年幼的井上靖与庶祖母这样一个孤独的老人相依为伴，使他过早地体味到人生孤独的一面；所生活的汤岛一带，旖旎的风光孕育了他对大自然敏锐的感觉。这对井上靖早期文学的本质——诗人的直观和感觉的特质的形成，起着重要的作用。正如日本评论家福田宏年所说，"如果没有这段特殊的童年经历，就没有以后的作家井上靖"。

1914 年，井上靖进入汤岛小学。当时的小学校长石渡盛雄是石渡家户主，也就是父亲井上隼雄的哥哥、井上靖的伯父。井上靖读二年级时，姨母美琪从沼津女子学校毕业回到家乡，并应聘于井上靖所在的小学。姨母和母亲八重一样美丽，并疼爱井上靖，井上靖也喜欢年轻美丽的姨母，或许在年幼的井上靖的心目中，姨母美琪不知不觉地代替了远在他乡的母亲的形象，进而使井上靖把对母亲的思念转化成了对姨母的喜爱。后来，美琪与同校的同事相爱，怀孕后退职。怀有身孕的美琪为避人耳目，夜晚乘人力车出嫁，不久便患病去世。这一情节，井上靖在自传体小说《雪虫》中有一段优美的描写。这位青春早逝的姨母在井上靖的心中成长、升华，最后发展成为一种永恒的女性形象。井上靖曾在其随笔《我想写的女性》（1957）中写道："我想什么时候在我的作品中写四种类型的女性。一种是油画家岸田刘生[①]的作品《初期手笔浮世绘》中的那类女性，不顺从的

① 岸田刘生（1891～1929）：日本大正昭和初期油画家。代表作有《丽子像》系列作品等。

表情、杂乱的穿着、扭转着多少有些淫荡的躯体、强烈的欲望，但却有些淡淡的忧愁；而另一种类型正好与之相反，是油画家黑田清辉①的名作《湖畔》中清纯秀美的女性；第三种类型是法国作家司汤达《红与黑》中的瑞那夫人，有才气、美貌、优雅；第四种类型是历史上实际存在的女性，丰臣秀吉的侧室茶茶，虽然很多作家都对其进行过描写，但我还是想在几部作品中描写各个时期的茶茶。茶茶是当时当权者最宠爱的爱妾，也是秀赖的母亲，出身近江名门浅井，一生历经波折，最后城池失守，死于烈焰之中。最后，我想写像唐招提寺中如来佛立身像那般高贵的女性。"②或许可以说，井上靖的小说《射程》中的三石多津子、《冰壁》中的美那子、《风林火山》中的由布姬，以及一系列中国题材历史小说中的女性形象，如《敦煌》中的西夏女子、回纥王族女，《楼兰》中年轻的先王王后，《漆胡樽》中的匈奴女子，《异域人》中的于阗女子，《狼灾记》中的铁勒族女子，《洪水》中的阿夏族女子以及《苍狼》中成吉思汗的爱妃忽兰，都可以说是这位年轻美貌的姨母的化身。

小学六年级时，庶祖母加乃去世。为了考取中学，井上靖来到父亲所在的军队驻地滨松。庶祖母的离世和环境的变迁强烈冲击着年少的井上靖的心灵，使他未能考取滨松一中。但是第二年的四月他却以第一名的成绩升入中学。入学后不久，在静冈县优等生选拔会考中又获得了一等奖。然而，中学二年级时，由于父亲转任台北卫戍区医院院长，井上靖只好转学到沼津中学，住在三岛的伯母家。也许是缺少双亲管束的缘故，井上靖的成绩一直下降，三年级复读时，被送到沼津的寺院寄宿。也就是在这段时期他交上了爱好文学的朋友，井上靖心中的文学就这样开始萌芽。自传体小说《夏草冬涛》描写的就是沼津中学时代的故事。作品还描写了主人公性的觉醒和潜在于主人公精神世界的自卑感，这些都集中体现在一个乡下长大的少年对都市来的亲戚家漂亮姐妹表现出来的爱慕与畏缩的复杂情感之中。

从缺失体验这一创作心理角度去追寻井上靖文学作品的创作历程，我们依稀可以寻绎到诱发其小说创作的缺失性体验。缺失体验是指主体因对生活经历中的精神或物质方面的某种缺失而造成的不平衡的心理体验。缺失是由人的需要得不到满足而造成的，它可以视为作家投入文学创作以弥补这一缺失的心理动因。人本主义心理学家马斯洛曾把人的需要分为金字塔式的七个层次：生理需要、安全需要、归属与爱的需要、尊重的需要、认识需要、审美需要以及自我实现的需要。人总是从满足最基本的生理需要开始，不断地去追求更高层次的需要，因此，缺失就成为必然。一般来说，作家的缺失越多，其缺失体验就越强烈。缺失激发主体的情感反应和认知活力，使主体的想象力更活跃，从而将自己内心欲望所形成的意象幻化到某一现实对应物，或以虚拟性的文学创作形式替代这一欲望的实现，从而调节缺失的平衡。许多作家的创作动因，都源于本身缺失体验的自发。

如评论家福田宏年所说的那样，"从井上靖的幼年和少年时代来看，我们不得不说他与世间一般的人相比格外特别"。尽管父母双亲健在，但他却由于某种原因不得不远离父母，与毫无血缘关系的庶祖母一起，在一个仓库中度过幼年时代。少年时期，由于父亲工作经常调动，又不得不离开父母，独自一人度过毫无约束的中学时代。高中时代，又过着禁欲式的柔道生活。井上靖在他的自传和自传体小说《罗汉柏物语》（1953）、《雪虫》（1960）、《夏草冬涛》（1964）、《北方的海》（1968）中，对这段时期的经历都做过详尽的描写。《罗汉柏物语》和其他三部自传体小说有所不同，《罗汉柏物语》的主人公取名为梶鲇太，而其他三部自传体小说的主人公的名字都是洪作（伊上洪作）。在内容上，《雪虫》《夏草冬涛》《北方的海》分别讲述的是洪作小学时期、中学时期和升入高中前后的故事，而《罗汉柏物语》则是以长篇小说的形式讲述主人公梶鲇太的小学时期、中学时期、大学毕业后进入报社，再经历战争和战败体验的成长过程。评论家三枝康高认为《罗汉柏物语》是井上靖本人的成长小说，而龟井胜一郎则认为这正是井上靖文学中"诗与真实"的部分。福田宏年认为，在作品中作家个人的情感与主人公梶鲇太的意识相重合，从这部作品中可以挖掘出潜在于井上靖精神世界的自卑感，而这种自卑感成为井上靖文学的最初萌芽。井上靖在《我的自我形成史》中说道："这种自卑感，变换着各种形式，直至后来很长时间都支配着我这个人。"①

二、诗的洗礼

　　1926 年 4 月，井上靖考入第四高等学校理科，并加入了

————————

① ［日］井上靖：《私の自己形成史》，《井上靖全集》（第二十三卷），
东京：新潮社，1999 年，第 33 页。

学校的柔道部。井上靖试图改变自己以往的散漫生活，没日没夜地投入禁欲式的柔道练习当中。与中学时代的散漫生活相比，柔道训练是极为严酷的。井上靖在《我的自我形成史》中这样回忆道："我们并不是为了成为有名的柔道选手而练习柔道，只是想以这种方式度过自己的青春。柔道训练比我后来经历的军队生活更为艰苦，但却与军队生活不同，军队生活完全是强制执行，柔道训练却是自我约束。我们的道场就像一座修道院。"①也许正是柔道训练这段"修道院"式生活经历，使井上靖文学增添了自我抑制的禁欲色彩。然而，三年级时，在柔道练习强度等问题上与师兄发生冲突，井上靖最后从柔道部退出。离开柔道，失去精神支柱的井上靖又将目光投向了久违的文学领域。

在沼津中学四年级时，同是中考落榜生的文学好友藤井寿雄将名为《秋天》的诗拿给井上靖看。这是井上靖人生中第一次接触到诗：

秋天来了

---

① ［日］井上靖：《私の自己形成史》，《井上靖全集》（第二十三卷），东京：新潮社，1999年，第37页。

铿锵铿锵

敲击石英的声音

　　仅仅三行的诗，却使少年的井上靖开始意识到诗的力量，并认定这就是自己文学生涯中"诗的洗礼"①。在那之后的三四年里，也就是金沢高中时代，井上靖接触到室生犀星（1889～1962）的诗集《鹤》、荻原朔太郎（1886～1972）的诗集《冰岛》，被其深深吸引，并由此逐渐认识到诗的内涵。这对于青春时期的井上靖来说是极为重要的事情。井上靖在一次讲演中回忆起这段时光时说道："我一直被犀星和荻原朔太郎的诗所吸引，很难想象如果没有这两位诗人，我的青春会是怎样。"②与井上靖青春时期密切相关的诗集还有三好达治（1900～1964）的《测量船》。这三部诗集使青春时期的井上靖认识到真正的诗，并由此与诗结下一生的缘分。

　　也就是在这个时期，井上靖开始尝试创作诗歌，并向富山县高冈市的诗刊《日本海诗人》投稿。1929年2月，井上

---

① ［日］井上靖：《講演詩と私》，《井上靖全集》（第二十四卷），东京：新潮社，1999年，第408页。

② 同上，第409页。

靖以笔名井上泰在《日本海诗人》发表第一首诗《冬天到来的那天》。此后，在《日本海诗人》共发表 13 首诗作。11 月，与通过诗刊《日本海诗人》结识的宫崎健三、久凑信一一同创办诗刊《北冠》，共发行三期，1930 年 10 月停刊。这期间，井上靖共发表了 7 首诗，其中，最有名的是描写汤岛村庄少女的《惊异》。由此，井上靖开始了他的文学自由成长时代。

1930 年，井上靖进入九州帝大法律文学系英文专业学习，三个月后便失去求学兴趣，离开福冈，前往东京，住在驹込的花房二楼，沉溺于阅读文学书籍。此时，文学志向已在井上靖的心中基本定型。同年 12 月，井上靖与白户郁之助等人一起创办杂志《文学 abc》。《文学 abc》只发行一期便停刊，在这一期中，共发表 6 首井上靖的散文诗。此后，井上靖还加盟福田正夫主办的杂志《焰》，每天乘京王线从驹込到世冢的福田家去专心习诗。这段时期，井上靖结识了作家辻润生、荻原朔太郎等人。这两位作家对井上靖的影响极为深刻，井上靖在《青春放浪》和《我的文学轨迹》中都对这两位作家进行过详尽的描述。此后，井上靖还多次参加有奖征文，并多次入选。他曾回忆道："第一次写小说是在高中毕业进入九大文科，住在东京驹込的花房二楼时……我用笔名参加《新青年》的有奖征文，小说被采用了。这是我第一次写小说，创作动机完全是为了奖金。现在，那篇小说发表的杂志和当时的笔名已全然忘却了。"经调查，井上靖当时发表的作品名为《谜女》，笔名为冬木荒之介，发表于1932年3月的《新青年》。第二篇有奖征文小说《夜霭》也在同一时期以同一笔名发表。

井上靖似乎是一个与"获奖"很有缘分的作家，在获得"芥川奖"进入文坛后，又先后获得"文艺选奖文部大臣奖""艺术院奖""野间文艺奖""每日艺术大奖""读卖文学奖""新潮日本文学大奖"等日本知名文学大奖。而在正式登上文坛之前的文学自由成长时期，参加各种形式的有奖征文也屡屡获奖。

1932年3月，井上靖从九州帝大退学，进入京都帝国大学文学部哲学专业，受教于植田寿藏博士门下，专攻美学。虽说进了京都帝大，却几乎没上过课，每天都在吉田山住处附近的小酒馆喝酒。但这期间，井上靖仍在不断地发表新诗。除继续在诗刊《焰》上发表新诗之外，还在诗刊《日本诗坛》《日本诗》上发表新作。此间他还和哲学专业的朋友创办了杂志《圣餐》，虽然也是刊出三期后便停刊，但此时的井上靖对诗的理解和创作手法已经逐渐定型。《圣餐》同人中，与井上靖来往最为密切的是高安敬义。高安敬义是位非常有才华的青年，在日本侵华战争初期被征入伍，命丧中国大陆。井上靖多次作诗悼念这位密友："一想起这位朋友的不幸，我的心至今还在作痛。"①

1935 年 11 月，井上靖与京都帝大名誉教授足立文太郎的长女富美结婚。足立的原籍也在伊豆，与井上家族有亲缘关系。足立文太郎是一位世界知名的解剖学家，他就是井上靖的作品《比良的石楠花》中老解剖学家三池俊太郎的原型。在生活和治学态度方面，井上靖深受这位老学者的影响。他在《我的自我形成史》中这样回忆道："战争期间，岳父将工作内容分批整理送往国外的大学或图书馆。在外人看来，这是一项付诸一生努力也得不到任何回报的工作，但岳父却没有任何懈怠地继续研究。对岳父来讲，工作之外别无他物，甚至没有时间去考虑生命安危和国家命运等事。"②也许可以说，这种严谨的治学态度正是井上家族的传统。除岳父足立文太郎外，井上靖的曾祖父井上洁也是如此。还有，祖父秀雄是日本香菇栽培的先驱。此外，其长子石渡盛

---

① ［日］井上靖：《我が青春放浪》，《井上靖全集》（第二十三卷），东京：新潮社，1999 年，第 218 页。
② 同上，第 25 页。

雄也是一个有着强烈治学志向的人，他也是井上靖就读的小学的校长。置身于这种环境之中，井上靖对学术自然充满了敬意，并憧憬自己也成为一个有学之人，有识之士。在当时的日本，对学者和学术抱有敌意和轻视态度的大有人在，这在某种意义上与当时的反权威主义不无关联。然而井上靖对学术却怀有敬畏的特殊情感，这也许正是《天平之甍》《楼兰》等与学问、文化史相关的小说得以产生的基础。

　　1933 年，在京大读书时的井上靖囊中羞涩，为得到《Sunday 每日》设立的有奖征文的奖金而开始写作投稿，所幸，投稿作品被评为选外佳作。其后，1934 年以笔名泽木信乃发表小说《初恋故事》，获得奖金 300 日元。1936 年，也就是井上靖大学毕业的那年，其创作的小说《流转》获得了第一届千叶龟雄奖（日本大众文学奖项）。小说获奖后，有两三家杂志社邀请他写大众小说。这对于想赚钱的井上靖而言，应该是很有吸引力的。但是井上靖完全没有写大众小说之意，拒绝了杂志社的邀请。正如评论家簖田一士指出的那样："这表明井上靖与其以文学为求生手段，不如在生活以外的地方，保持自己文学的纯洁性。"① 获得千叶龟雄奖后，井上靖在大学毕业后得以直接进入《每日新闻》大阪总部工作。

如前所述，产生于井上靖幼年时期的自卑感是井上靖文学形成的重要因素之一。而形成这种自卑感的原因，除前文论及的乡下少年面对都市的畏缩情感之外，另一个原因恐怕就是三番五次的考试失败。只有读小学一帆风顺，以后无论是考初中、高中还是大学都几经周折。大学毕业时，井上靖已 30 岁，并有妻室。这些对一个青年敏锐的感受力产生了不可估量的影响。井上靖的许多作品中都有对这种自卑感的描写，例如，《一个冒名画家的生涯》就是围绕自卑感这个主题，描写了一个制作名人赝品的画家的足迹；而《敦煌》中因瞌睡而失去考进士机会的赵行德也可以说是作者本人的投影。

① ［日］蓧田一士：《井上靖的文学道路》，《文化译丛》1982 年第 1 期。

十年新闻记者——文学的酝酿期

　　1936 年，小说《流转》获得了首届千叶龟雄奖后，井上靖得以直接进入《每日新闻》大阪总部工作。入社后不久，日本军国主义发动侵华战争，井上靖被征入伍加入名古屋野战炮第三团，被送往中国北部地区。四个月后，因脚气病发作，被送回日本国内。也许是因为战场经历短暂的缘故，井上靖创作的文学作品很少直接涉及这段经历和战争所带来的感受，这也正是井上靖与日本战后派作家的区别之所在。与其他日本的战后派作家们相比，井上靖没有硝烟弥漫、血雨腥风的战场体验，因此，也无法从社会的、思想的深度去挖掘战争素材进行创作，而这也正是井上靖文学作品被误读最多的地方。实际上，井上靖撰写过数篇随笔、散文诗来缅怀战时逝去的友人和描述战时、战后感受的文章，但是因为中国学者对其中国题材历史小说过于集中翻译研究，而忽视了这部分内容，导致我们对井上靖的战争观产生了误解。此外，在其创作的中国题材历史小说作品中也能够看出其对战争的文学反思，而这部分内容，长期以来一直被中国题材的内容所遮蔽，没能引起学者的关注。有关这部分内容，本书将进行专节讨论。

从战场回来的井上靖又返回到每日新闻社学艺部工作。学艺部的部长井上吉次郎在当时的日本新闻界和民俗研究界都很知名。井上靖的周围，类似的学者型名人还有许多。他们专业、严谨，所以，井上靖在工作中不能有丝毫松懈。最初，井上靖担任宗教记者，负责佛教经典解说。原本对宗教知之甚少，而且毫无兴趣的井上靖，每周必须写一篇关于宗教的文章，因而不得不苦心钻研《般若心经》《华严经》《净土三部经》《碧岩经》《瑞研经》等经典。作为宗教记者在学艺栏中写的佛经解说，为后来创作《澄贤房觉书》《天平之

薆》和《敦煌》等作品奠定了佛教经典方面的基础。在担任
宗教记者一年后，转而负责执笔美术评论，发表了大量的诗
评和画论。这一时期，井上靖还到京都大学研究所研究美学，
他的美学知识大半是在这一时期积累起来的。井上靖原本感
觉敏锐，对绘画艺术具有很强的感受性和鉴赏能力，加之十
余年美术记者的经历，进一步磨炼了其后作品中独具特色的
"绘画性格"。在探索艺术美的本质特征方面，具有一定的
理论和实践经验，进而使他能有意识地按照美学的规律从事
小说创作。他的作品每每展现犹如诗歌、绘画中常见的精练
的语言、造型和韵律，创造出感人的美的意境。他的小说既
有诗的意境，又有画的形象，作品中的人物恍如在平静的画
面上跃动，飘逸着浓郁的诗情画意。井上靖的许多作品都突
出了静谧的绘画式场景，并且轮廓十分鲜明和清晰。小说《比
良的石楠花》中描写的比良山山坡上盛开着一大片白色的石
楠花，《记忆》里伫立在车站栅栏旁黑暗处的父母形象，《旋
涡》中熊野滩鬼城岩礁间的旋涡……这些清晰的场景不仅仅
是一幅幅画面，而且是作者诗意的心理形象的外化。贯穿这
些心理形象的正是作者独具的文学绘画气质。在文学创作中，
井上靖把这一幅幅鲜明而清晰的场景画面进而升华为一种意
象，凸显作品的主题和主旋律。

在这些绘画般的形象中，最具代表性的是散文诗《猎枪》中的"白色河床"。

即使如今我置身在都市杂沓之中，有时也会猝然想起要像那个猎人那样行走。徐缓地、沉静地、淡漠地——在窥见人生的白色河床的中年人的孤独精神和肉体两方面，同时增加逐渐渗入似的重量感的，不仍然是那支擦亮了的猎枪吗？①

"白色河床"是在生命的进程中，寻找自我坐标的中年男子的心像风景底层里感伤之光的折射。井上靖把人生喻为一条干涸的"白色河床"，从处女作《猎枪》《斗牛》到绝笔之作《孔子》，其共有的普遍性就是这人生的"白色河床"。它所营造的孤独悲凉的氛围，如同一根主轴始终贯穿于井上靖小说创作主题之中，并形成井上靖文学的原型。

"白色河床"所代表的孤独到底是从何处产生的？井上靖写过一个短篇《弃母山》，探讨了家族中脱离现实之心与

---

① ［日］井上靖：《猎枪》，《井上靖全集》（第一卷），东京：新潮社，1999 年，第 24 页。

世袭的"遁世之志"的关联。井上靖身为军医的父亲井上隼雄，晚年几乎足不出户地在乡下度过了三十年的余生；母亲曾透露过想被弃于弃母山的意愿；妹妹婚后有两个孩子，却不知为何一个人从婆家跑了出来；弟弟在报社干得一帆风顺时却突然辞职，归隐田园。另外，井上靖的曾祖父井上洁，五十岁时辞去了军医职务回到乡下。井上家族"遁世之志"的血统可谓代代相传，如果追溯井上家族的家谱，可以找到很多这样的人。井上靖在《我的自我形成史》中回顾自己的新闻记者生活时做过这样的评价："报社这种工作环境中杂居着两种人，一种是有竞争之心的人；另一种是完全放弃竞争的人。我从进报社的第一天起，不管是喜欢还是不喜欢，就不得不放弃竞争。"①井上靖用"放弃"一词来表达他的"遁世之志"。《一个冒名画家的生涯》中的主人公和《敦煌》中的赵行德都是所谓放弃人生的人。另外，井上靖在《我的自我形成史》中还谈道："我敌视父母对人生的保守态度，应该一直与之斗争。"②这种激愤表现在《斗牛》《黑蝴蝶》

---

① ［日］井上靖：《我の自己形成史》，《井上靖全集》（第二十三卷），东京：新潮社，1999年，第39页。

② 同上，第22页。

和《射程》等作品中。日本文学界通常根据《猎枪》和《斗牛》这两部处女作，把井上靖的作品分为两种类型，这正像一个盾牌的表里两面，《猎枪》代表遁世的世界，《斗牛》代表行动的世界。它们共同构筑了井上靖内心世界充满矛盾的两大对立面，暗示着井上靖内心遁世血统与反抗行动之间的相互对立和互为作用，从而形成井上靖小说的整体特征。福田宏年这样分析道："《猎枪》系列的作品所表现的背向世间的孤独姿态，与《斗牛》系列所反映的行动人要素，绝不是彼此对立的两个要素。换言之，他正因为背负着孤独与虚无的阴翳，才不顾一切地奔忙于行动。"[①]

"白色河床"的主题如一阵清风，吹入日本战后由第一次战后派的黑暗主题主导的文学阵营，引起了广泛的关注。"白色河床"所象征的精神状态并不是近代意义上的虚无主义，也不同于佛教的无常观，更不是单纯的保守观念，而是深潜于内心深处复杂的命运光芒的折射，是人的生命原型的凝结，是诗人井上靖气质的核心。在井上靖的作品中，视人生为一条干涸的"白色河床"的观念和主题不断深化发展，

---

① ［日］福田宏年：《井上靖評覚伝》，东京：集英社，1974年，第177~178页。

进而在历史小说中发展和延伸为对历史人物、民族走向以及国家命运的探索。这类主题的历史小说由先驱作品《玉碗记》《异域人》《行贺僧的泪》等短篇，拓展到《天平之甍》《孔子》等长篇系列。

作品《天平之甍》刻画了五个留学僧到中国邀请唐朝高僧鉴真和尚东渡日本过程中，超越个人意志，与自然和命运搏斗的形象，可以说是"白色河床"发展深化的叙事诗。在作品《楼兰》中，这种手法体现得更为彻底。罗布泊湖以一千五百年为周期向沙漠中心移动，而楼兰正是罗布泊湖移动时被沙漠掩埋掉的一个小国。这本身就具有超越自然和历史难以抗拒的诗意。作品中的人物在历史长河中渐渐淡去，而民族、国家、历史的命运却给人们留下了永恒的思考。井上靖耄耋之年所著的《孔子》里依然横亘着这一条干涸的"白色河床"，而且在历史和文化的沉积中更加成熟、深刻。《孔子》中所表现的"白色河床"，汇集和深化了从《猎枪》的"河道"里流淌出来的各种人物形象，是将个人、民族、国家的命运置于历史长河中进行的人生的总决算。

创作诗歌、学习美学、担任记者，这三段经历对井上靖后来的文学创作起到了极为重要的作用。诗歌创作使他的文学语言更为凝炼，也使他的小说具有一种诗的意境；通过美学的学习，提高了审美情趣，使他能够在文学创作中注意贯彻美学原则；长期从事新闻工作、周游日本和世界各地，使他有机会广泛接触社会生活，积累丰富的社会经验，培养敏锐的观察能力和迅速处理素材的能力，并重视小说的叙事结构。同时，能够在创作小说时将新闻采访积累的各种事件融入小说情节中。作为一个报社记者，强迫性的高速写作，锻炼了井上靖的文字功夫和随机处理问题的判断能力。井上靖的新闻记者时代为他日后成为作家积累了深厚的文化底蕴，可以说是其作家生涯的潜伏期和酝酿期。从作家生涯的角度来看，这十年新闻记者工作是井上靖文学创作的空白期，但这段空白并不是毫无价值的。这十年间，井上靖不断地充实自我，静观时局，在最恰当的时期，长期蛰伏在内心深处的这种孕育变成一股不可抵挡的力量倾泻出来，一发而不可收，使他能在登上文坛的短短十年内，创作出几乎令人难以置信的大量的优秀作品。可以说，这恰恰是十年积累、沉淀、思考和孕育的必然结果。

"中间小说"——文学的发展期

　　继《猎枪》《斗牛》两部处女作后，1950 年至 1960 年的十年间是井上靖文学创作的鼎盛期。这十年正值日本战后经济复苏期。在战后特定的历史条件下，继承日本近现代文学传统的纯文学呈多样性的发展态势，"中间小说"与大众文学迅速崛起，成为日本文学的主流。日本的纯文学主要是继承私小说、心境小说的传统并发展起来的，一直统治着战前的日本文坛。战后，日本诸多评论家和作家开始重新认识这一文学传统，他们按照欧洲文艺理论以及一般文学发展的内在规律，认为这类小说缺乏作为小说的基本条件，不符合小说的基本要求。日本评论家伊藤整认为私小说最大的艺术特点是拒绝虚构，即拒绝艺术概括。私小说走向崩溃的根本原因是其作品丧失了社会性，而这一点恰恰是所有文学流派的生命。面对私小说崩溃的局面，许多纯文学作家向大众文学靠拢。大众文学作品包含小说、戏剧、诗歌等题材，而并不是一个文学流派的名称。"中间小说"是介乎于纯文学与大众文学之间，保持某种程度的纯文学特色而又不失娱乐性的一种文学形式。中间小说首先发表在报纸上，所以也称作"报纸小说"。昭和 30 年代（1955～1965），是日本"中间小说"创作的全盛时期。

井上靖的文学作品，正是从纯文学走向大众文学的一种过渡。他的小说，在高水准的读者看来是对纯文学的诠释和普及；在水准较低的读者看来，是对大众文学的升华。评论家河盛好藏说："希望井上靖能使这种大众文学性质的要素变得更新颖、更深、更广。我确信井上靖的小说会为日本文学开拓出新的领域。"这里所说的"新的领域"，就是指打破纯文学和大众文学之间的牢固界限，克服纯文学题材的狭窄性，摆脱大众文学的通俗性而进行的文学创作。在当时的日本文坛，井上靖以"中间小说"作家的身份迅速提高了知名度。他的作品既不失纯文学的气质与水准，又具有娱乐大众的情节和特色，从而赢得了"有良心的中间小说"之美誉。

　　在 1980 年代的日本文坛，诺贝尔文学奖候选人中呼声最高的是井上靖。但井上靖有一个致命的缺点：他是介于严肃作家（纯文学作家）和通俗作家（大众文学作家）之间的作家。40 多年来，诺贝尔文学奖可以授予一个历史学家、哲学家或政治家，但从来没有授予一个通俗文学作家。对此，当 1991 年井上靖去世，一些报纸采访后来的诺贝尔文学奖获得者大江健三郎（1935 ~ ）时，大江健三郎就曾直言不讳地说过："井上先生不是一个思想深刻的小说家，也不是一个感觉锐利的诗人。可是，他一旦展开故事，其小说、诗便都呈现出独特的魅力。"可以说，大江健三郎的这番话，是对井上靖作为"中间小说"作家及其作品做出的最好的评价。正是井上靖小说和诗的这种"独特的魅力"，才使井上靖及其文学创作具备了不朽的思想和艺术价值。

　　1954 年发表的《明天来的客人》奠定了井上靖在日本文坛的地位，而巩固其作家地位的作品则是 1956 年连载于朝日新闻的长篇小说《冰壁》。《冰壁》在当时的日本文坛引起了不小的轰动，并获得 1957 年日本艺术院奖。这部小说的成功，标志着井上靖的"中间小说"创作达到了顶峰。在这类报纸小说作品中，著名的还有《射程》（1956）、《榉树》（1970）、《夜声》（1967）、《比良的石楠花》（1950），以及《一个冒名画家的生涯》（1950），等等。这些题材多样的"中间小说"，主题和形式都达到了成熟的程度，从而确立了井上靖小说的定式，将他的"中间小说"创作推向了高潮，井上靖的"中间小说"创作，为战后日本"中间小说"全盛期的到来做出了历史性的贡献，也进一步巩固了他在战后日本文学史上不可动摇的地位。

《冰壁》是以 1955 年日本某登山队登山时，尼龙登山绳突然断裂，导致登山队员小坂死亡这一事件为素材创作的作品。小说描写这一事件发生后，社会各界对死因做出的种种猜测。为澄清事实真相，尼龙登山绳厂对登山绳做了抗冲击模拟试验，结果并未断裂，这更使人们怀疑小坂的死是他杀。于是，人们对死者的队友、小说的主人公鱼津产生了怀疑。鱼津顶住种种压力，在死者小坂的妹妹阿馨的支持和协助下，就尼龙登山绳性能的科学试验和现场调查展开了艰苦的工作。随着时间的流逝，人们对这起"尼龙绳事件"渐渐淡忘。但是，鱼津却仍坚持他的信念。最后在登山现场调查时，不幸被坠石击中身亡。《冰壁》出版后，日本山岳会副会长、以山岳为题材写过12卷小说的深田久弥（1903～1971）称赞道："作者用登山这一特殊题材创作了如此富有魅力和戏剧性的作品，我由衷地钦佩。"

在报纸小说《冰壁》连载期间，井上靖的历史小说《天平之甍》也得以发表，在日本文坛上引起极大轰动。福田宏年评论说："这标志着井上靖从流行作家向历史小说家的转向。"

第四节

历史小说——文学的全盛期

井上靖说："写历史小说的原因，是因为能够从日本或中国的历史人物中找出人类种种欲望的根源和极限，这种工作是乐趣无穷的。"井上靖的历史题材小说内容涉及日本、中国、俄国、韩国、印度、波斯甚至整个欧亚大陆的历史事件。在这一类作品中，艺术成就最高、所占比重最大的是有关中国历史题材的小说。中国极其丰富的文化遗产，浩如烟海的典籍，几千年历史上林林总总的惊心动魄的事件和伟大人物的故事，都是激发他写作的强大动力。正如井上靖自己所说："每一次在创作中国历史人物为主人公的小说时，为了克服自己并不完全了解中国的局限，只有努力学习中国的典籍。这种学习过程，也是了解中国和激发创作激情的过程。"

1950年4月《漆胡樽》的发表，使井上靖成为日本战后第一个创作中国历史题材小说的作家，从而使战前中岛敦（1909～1942）、武田泰淳（1912～1976）等作家开创的中国题材小说的传统在战后得以延续，并对其后的历史小说家产生了直接或间接的影响。井上靖在中国题材历史小说方面的开拓性，首先在于他最早将中日古代文化交流作为小说题材，这成为后来日本文坛中国历史题材小说的基本题材和主题。在井上靖的中国题材历史小说创作中，以中国古代西域为舞台背景的作品——西域题材历史小说——最有特色。他在当时无法亲历这些地区进行体验观察的情况下，凭借对历史资料的解读，利用其丰富的想象力，创作出一系列相关作品，在日本现代文坛开辟了独特天地，从而将广袤无垠、充满沙尘和黄土味的"大陆性"引进了日本文学之中。

井上靖的小说创作，大致可以1957年发表的中篇小说《天平之甍》为分界线，分为前后两个时期。前期多以"中间小说"为主，后期多是历史题材的小说。《天平之甍》被称为真正意义上的历史小说的开端。在井上靖的文学发展道路上，这部小说是他创作方向转折的里程碑。作者满怀对中国古代文化的向往，用纯朴的纪实风格，追溯了唐代高僧鉴真为弘扬佛法东渡日本，以及日本年轻僧侣留学中国的历史故事。在这部作品之前，已有可以称得上长篇历史小说雏形的短篇《漆胡樽》《异域人》《行贺僧的泪》等作品问世。这些短篇作品已充分显露出井上靖历史小说一贯的主题——在时间的流逝中人类的无助与无奈，以及无常的命运观。同时，从这些作品中也可感受到井上靖的生命主题——"白色河床"的象征意义。用平淡而不乏深情的笔触写人写事，在悲哀中追求壮美，构成了井上靖历史小说独有的审美特色。正如王蒙对井上靖小说所称道的："他写得深沉、细腻，富有真实感，娓娓动人，同时他又写得相当'平淡'，不慌不忙，不露声色，不加夸张修饰，不玩弄任何技巧地表达出人生中许多撕裂人心肝的痛苦。作品表达出一种悲天悯人的心肠，一种超越了最初的情感波澜的宁静，一种饱经沧桑的对历史、对社会、对人生的俯视，一种什么都告诉了你的同时又什么也没有告诉你。我认为，只有经验丰富的老作家才可能达到这样的境界——炉火纯青。"

井上靖的历史小说取材，按国别可分为中国历史题材小说（18篇）、日本历史题材小说（6篇）和其他亚洲国家历史题材小说（3篇）。1950年2月，《斗牛》获得日本文坛纯文学最高奖项芥川奖，同年4月，《新潮》发表了第一篇中国题材短篇历史小说《漆胡樽》。"由此可见，井上靖崭露头角就开始抒写向往西域的梦。"到1989年绝笔之作《孔子》，井上靖四十多年的作家生涯里，始终贯穿着对中国历史题材小说的深入挖掘和创作，以及通过这类题材作品表达自己对战争的反思。

为便于理解井上靖的中国题材历史小说创作，本章参考日本学者的诸多观点，按照小说发表的时间顺序，将其创作分为四个时期。

一、发展期（1950 ～ 1954）

第一个时期发表的作品都是短篇历史小说，有《漆胡樽》（1950）、《玉碗记》（1951）、《异域人》（1953）、《行贺僧的泪》（1954）等。《漆胡樽》是以同名散文诗为原型创作的。井上靖的散文诗创作可追溯到1946年。1946年秋，奈良举办正仓院宫廷用品展。井上靖作为每日新闻社学艺部的记者前去采访，看到名为漆胡樽的器具时，陷入了深深的思考：一千多年前西域的酒宴用具，怎么会收藏在日本古代宫廷的宝物库之中？百思不得其解。于是，井上靖开始展开想象，让漆胡樽回归西域沙漠，见证历史。一千多年前，在罗布泊湖畔的绿洲上建楼兰城而定居下来的人们，为寻找新水源而向鄯善国大迁移。井上靖从这个移动队伍中一个青年的角度，描写漆胡樽的命运。这个器具经历过前汉盛期、后汉末期，最后于日本的天平年间，由遣唐使佐伯今毛人一行装船带回了日本，藏于正仓院深处。直至一千二百年后的1946年秋，才被移至户外，沐浴在秋天白色的阳光下。

翌年，井上靖又完成了以器物为主人公的《玉碗记》。这个由安闲天皇陵墓出土、被称作玉碗的雕花器皿与正仓院的宫廷用品白琉璃碗一模一样。年轻的考古学家推定两者都是波斯肃霜王朝的物品，想象它们是经由漫长的丝绸之路渡过大海，分别被献给安闲天皇和皇后。一千余年后，失散了的两件器物被静静地陈列在正仓院的一室内。那感人的相遇场面是由"我"来见证的。这篇小说的主人公是一件器物，它辗转流传的悲惨命运便是小说的主题。《漆胡樽》与《玉碗记》这两篇作品可谓姐妹篇，都是井上靖对丝绸之路憧憬的结晶。

关于《异域人》中的班超，井上靖在《西域》一文中写过小传。井上靖在创作西域题材小说的最初，首先把对西域的向往之情，表现为对把半生献给西域的班超的深切热爱。井上靖把自身未能实现的梦想寄托于《异域人》中的班超身上。

《异域人》这篇小说的精彩之处是结尾部分。71岁高龄再不能够胜任出使西域的班超，回到时隔30年后的洛阳，在那里他看到长年劳苦后的自己变成了一副奇怪的模样，沙漠的黄尘改变了他的皮肤和眼睛的颜色，以致幼童呼唤他"胡人"。街上排列着异国物产的店铺，行人的服饰华丽得令人眼花缭乱，胡人风俗流行于世。他见到自己的所有努力在这里竟以奇怪的形式被毁掉，在死前的20余天才知道自己为之奋斗一生的事业竟化成了虚无。他死后5年，汉室就放弃了西域，再次关闭玉门关。在最后一节中，班超半生劳苦一下子变得毫无意义，但他又自问：班超的半生真没有意义吗？回答是"不"。区别人的行为是否有意义取决于历史，而人的历史说到底是在无数人的行为的基础上构建的。从《异域人》中可以寻觅到存在于井上靖内心深处的"白色河床"的创作原型。

《行贺僧的泪》是描写天平胜宝四年（752）乘第10次遣唐船入唐的留学僧的短篇小说。井上靖认为，留学僧的渡海航线是丝绸之路的延伸。据《扶桑略记》和《日本后记》记载，行贺和仙云确有其人。小说中出场的还有历史上著名的人物：大使藤原清河、副使大伴古磨和吉备真备、乘第八次遣唐船（717）入唐未归的留学僧阿倍仲麻吕等。作者以简洁的笔墨把他们刻画得栩栩如生，通过确切的史实，描写了行贺和仙云两个性格对立的僧侣的命运。高傲的仙云是清河、真备、仲麻吕等人的直率的批评者。仙云来到中国后，被大陆文化深深吸引，云游各地，甚至萌生了经由西域到释迦牟尼的家乡天竺朝拜的念头。可以说他是井上靖的第一部长篇历史小说《天平之甍》中戎融的前身。而另一个主人公行贺则是一个沉静的学问僧。他常常埋头抄经而乐此不疲，31年后如愿回到日本。回日本后却产生了一种不想跟任何人交流的心理，面对奈良东大寺和尚们的提问，竟然一句也答不出来，表现出特立独行者的孤单感。从某种意义上说，与仙云相对而言，行贺是《天平之甍》中业行的前身，而从另一种意义上还可以说是普照的前身。唐朝的30年岁月，给他心里打下了深深的烙印，想到最终也没有归来的仲麻吕、清河、仙云等人与已然归来的自己命运截然不同，他觉得东大寺的和尚们这些关于宗义之类的提问，根本触及不到自己思想的核心。他所想的是与东大寺的僧侣们生活的世界全然不同的另一个世界。所以，要他把另一个世界的想法翻译成普通的语言是办不到的，也无法传达给他们。于是，行贺把自己关在兴福寺一隅，拒绝会客，专心伏案，注疏经文。这些接触到与俗世完全不同的另一个世界的人，心中隐藏着无法表达出来的真情，所以不得不在这个寂寞孤绝的世界中生存下去。这个世界就是井上靖从处女作以来一直关注的"白色河床"的主题，而《行贺僧的泪》就是这类主题的延伸。

二、成熟期（1957～1961）

这一时期是井上靖历史小说的创作手法、创作风格形成和成熟期。作品有《天平之甍》（1957）、《楼兰》（1958）、《敦煌》（1959）、《洪水》（1959）、《苍狼》（1959～1960）、《狼灾记》（1961）等。这一时期的作品将学者型的求真、求知的识别能力和感知客观世界的艺术激情成功地融为一体，其营造特定历史氛围、历史情景的能力颇受学界称道。《天平之甍》是井上靖的第一部长篇历史小说，也是这一时期的代表作。1958年获日本艺术选奖文部大臣奖。在这一时期，以西域古国为舞台的西域小说创作进一步展开，《楼兰》《敦煌》获得1960年日本每日艺术大奖。

1959 年发表在《声》上的《洪水》，是以史书的零散记载为依据创作的短篇小说。正如井上靖在自作题解中所说，创作素材来源于中国最古老的地理书《水经注·河水篇》。原文用简短的文字记述了出身于敦煌的主人公索劢降伏呼沱河激流的故事。井上靖仅用这简短的"两三行"史料就写出了前半部分，成为小说最精彩之笔。与故事的主人公命运相关的阿夏族女子最后被洪水吞没的情节则是由作者虚构出来的。

《苍狼》是这一时期另一部重要的长篇历史小说。作品描述了一代天骄成吉思汗的一生和整个蒙古民族的兴盛史。根据那柯通世译的《成吉思汗实录》和其他史料构思而成。小说发表后，在日本文坛引发了关于历史小说创作手法的争论，即著名的"狼原理"论争。

《狼灾记》是井上靖"狼系列"中的一个短篇，小说借用与唐传奇相类似的文体形式，叙述了一个发生在秦代的中国西域故事。秦二世胡亥当政时，边将陆沈康在长城外讨伐匈奴，闻知太子扶苏和大将蒙恬被迫自尽后，便班师回朝。陆沈康生性残暴，曾用十分残忍的手段杀害匈奴俘虏。途中路过一个铁勒族村落，强行劫夺一个异族女子同居，后来他们两人均变成了野狼，在蛮荒的旷野中游荡。一天，陆沈康的军中故友打此地路过时，出自怀旧的心情，陆沈康一度恢复人性并讲起了人话。未几，他又狼性发作，扑将上去咬死了昔日的朋友。

三、全盛期（1963 ~ 1969）

这一时期的作品题材比较广泛，有继续前期以西域为舞台结构内容走势的小说叙事，也有以中国历史上一些人物和事件作为题材来源的新型创作，如《明妃曲》（1963）、《杨贵妃传》（1963 ~ 1965）、《宦者中行说》（1963）、《褒姒的笑》（1964）、《永泰公主的项链》（1964）、《昆仑玉》（1967）、《圣人》（1969）等。这一时期作家的创作风格有了明显的变化，自"狼论争"之后，《杨贵妃传》《风涛》等作品的叙述更注重客观的、符合历史。井上靖的许多中国历史题材小说，是在未进行实地考察的情况下创作的。但这一时期的短篇小说《永泰公主的项链》，却是根据1963年参观西安永泰公主墓的所见所闻构思而成的。

《明妃曲》运用现代小说的技巧手法描述历史故事，借匈奴人迷田津冈讲述了有关王昭君的传奇。作品颠覆否定昭君被迫外嫁的悲剧性故事结构，塑造了一个为爱情而远走西域的新型昭君形象。昭君深居后宫，得不到爱情。此时，出使汉朝的匈奴青年呼韩邪单于的长子如痴如狂地爱上了她，昭君于是自请远嫁胡地。然而，在那里等待她的却是青年年迈的父亲。昭君一度绝望，但在青年呼韩邪单于的激励下，终于等到老单于去世，成为新单于最钟爱的妻子。

　　唐代诗人白居易的《长恨歌》传入日本后，在接受的过程中渐次受到追捧，杨贵妃成为日本人最为熟知的中国历史人物之一。杨贵妃与唐明皇的爱情以及最后的悲惨结局，与《源氏物语》所代表的日本文学纤细感伤的审美情趣相吻合，激起了日本人的同情和感叹。因此，日本古代诗歌、戏剧、绘画等艺术形式中，以杨贵妃为题材的作品屡见不鲜。杨贵妃成了"美人"与"可怜"的代名词。近代以来，著名作家菊池宽的剧本《玄宗的心情》，以及奥野信太郎、近藤经一、饭泽匡等人的同一题材的戏剧，都被搬上了舞台。但是，以杨贵妃为题材的长篇传记小说却始于井上靖。井上靖的《杨贵妃》从杨玉环被招入宫起笔，一直写到马嵬兵变，杨贵妃被缢身亡。小说以杨贵妃的命运为主线，兼顾唐明皇、李林甫、安禄山、高力士，杨贵妃的哥哥杨国忠及三个姐姐等贵妃身边的若干人物。通过描写杨贵妃命运的变迁、悲惨的结局，以及周围相关人物间错综复杂的关系，表现了唐代政权、社会及宫廷生活的动荡与危机。

在《杨贵妃》中，井上靖不像其他传记作品那样，单纯地从杨贵妃荒淫误国处落笔，施以斧钺，将其视为单向极化的"恶"的化身；而是根据历史的逻辑、人学的原理与自己的审美追求，努力揭示出杨贵妃身上矛盾对立的多重性格，将其还原为一个活生生的人。在井上靖看来，作为给唐代带来许多不幸与灾难的历史人物，杨贵妃当然是可恶的，但在当时的历史背景下，她的行为逻辑必有其合理因素，历史并非我们想象得那样简单和绝对。正是立足于此，井上靖在对杨贵妃进行艺术转化时，以学者独到的睿智和审视力，以及历史的、审美的、人性的尺度，笔分五彩地描绘了杨贵妃的一生。这种描写极大地丰富和深化了杨贵妃性格的内涵，有效地避免了因过分典型化造成的贬斥弊病。这与上述有关杨贵妃"恶欲"的描写看似矛盾抵牾，其实恰恰反映了作者对历史和艺术丰富性、复杂性的深刻理解和把握。对民间、野史流传甚广的杨贵妃与安禄山"有染说"，作者采取了点到为止，不作渲染的态度。这并不是井上靖有意规避人性或非人性、反人性的，而是建立在对人性深刻理解的基础之上，出于艺术和从个人生存方式的合乎人性的诠释，恰恰反映出井上靖高雅的艺术格调和旨趣。

短篇小说《宦者中行说》是以《史记》为依据写成的。历史上确有中行说其人。据史书记载:

老上稽粥单于初立,孝文皇帝复遣宗室女公主为单于氏,使宦者燕人中行说傅公主。说不欲行,汉强使之。说曰:"必我行也,为汉患者。"中行说既至,因降单于,单于甚亲幸之。

——《史记·匈奴列传第五十》

作者谈道"中行说,是个匈奴迷,他以宦者独特的机灵与感受性,接受了常人不懂的匈奴这一民族具有的独特魅力"。并对历史进行了新的解释,但小说中所描写的人物活动却没有超出史实的范围。

《昆仑玉》是由两部分构成的中篇小说。前半部分写的是中国五代时期(10世纪中叶)两个被宝石迷住的年轻人的西域之行,后半部分18世纪中叶的探宝之行的中心人物是珠宝商。作者在小说的结尾处这样写道:"今天,人们认为罗布泊的湖水与黄河水相连的说法是一种古代传说。但是,两千年来,这个传说却一直贯穿着中国的历史,有人否定,有人肯定。"其实，这部小说的真正主角是悠久的时间长河。在长达两千年之久的时间长河中，时间和存在于时间之中的人相互对峙，上演了一幕幕生动的戏剧。

《圣人》描写的是天山脚下伊斯色克湖的传说。在传说中，现在变成湖泊的地方以前是一片美丽的平原，平原上有数座繁荣的市镇，人们过着和平富庶的生活。一天，一个魔女到来，使镇上的人完全堕落了，山中美丽沉静的市镇顷刻间变成堕落的源头。神看到这种情形，大为震怒，一夜之间使市镇浸满了水，变成了今日的湖泊。

另一个传说是：现在变成湖泊的地方，以前有一个市镇，镇里的人过着和平快乐的生活。这个镇的唯一缺点就是只有一眼泉水。镇里的人每天都要提壶去汲水，有一位圣者负责看管开泉的钥匙。人们要先从圣者那里拿钥匙，再去汲泉水，汲完后，锁上泉，再把钥匙还给圣者。一天，一个姑娘没有遵守这项规定。汲完水后，沉湎于与情侣的绵绵情话，忘了及时把钥匙还给圣者，等姑娘想到钥匙时，为时已晚，泉水不断喷出，且无论如何都无法止住。几天后，市镇便沉没于水底。

井上靖根据后一个传说创作了《圣人》。《圣人》是一篇寓言体历史短篇。故事发生在公元前6世纪天山附近的萨卡族人村落。村里只有一口井,有人看守。人们把井奉为神,把看井的老人奉为圣人。出于对圣人的敬畏,人们每天只能打一罐水,生活幸福,彼此和睦。后来,外界的新事物传入村中,打破村里的禁忌,推翻了人们心中对神的敬畏。灾祸一天天地降临,最后触犯了井神,村落被淹没了。小说讲述了古代的传说,也透析出对现实的讽喻。

四、绝笔之作（1981～1989）

这一时期,井上靖创作了他的绝笔力作《孔子》。1987年夏至 1989 年春在《新潮》杂志上连载,1989 年,新潮社出版了同名小说单行本,畅销百万余册。井上靖"晚至七十岁才读《论语》,为之倾倒,八十岁又将《论语》编成小说,就是这一部《孔子》"。小说通过一个虚构的人物蔫姜探索孔子思想的内涵。主题是借中国战国时期影射当今世界,探讨人类社会的出路问题。

第五节
社会活动——文学的实践

　　井上靖在将近半个世纪的时间里纵横捭阖在日本文坛，
其文学创作活动历时久、空间阔，作品内容涉猎广、开掘深。
与他的文学创作相伴的是如影随形的社会文化交流活动，同
样影响广泛。井上靖不仅是一位著作等身、勤于笔耕的天才
作家，还是一位笃定热心于国内文化建设，积极推动国际文
化交流事业的社会活动家。他先后担任日本文艺家协会理事
长，"川端康成纪念会"理事长、日本笔会会长、第 47 届国

际笔会东京大会运营委员长等公众职务。从 1955 年起一直担任芥川奖评选委员会委员。相继出访埃及、伊朗、伊拉克、苏联和美国等许多国家。到不同地区和国家旅行同时也为小说创作取材成为井上靖文学的一个重要的特色和元素。井上靖登上文坛的年代（20 世纪五六十年代），正是日本社会动荡时期，当时的日本作家较为关注的是日本社会现实问题，创作的作品题材也多以日本社会现实问题为主。并且，战后初期，反共、冷战、遏制政策的中国观在日本社会占主流，当时中日两国之间没有正常的邦交关系，中日两国在文化等各领域的交流几近于零，一般的日本人很难接触到当时的中国人，所以日本的作家群体大都对中国不太关注，从事中国题材小说创作的日本作家更是少之又少。井上靖是日本战后文学中第一个写中国历史题材的小说家，也可以说是战后日本文坛中国题材历史小说的主要开拓者。到中国旅行，为其中国题材历史小说取材等林林总总的活动更是井上靖一生中非常重要的文学和社会活动，同时也是在中日两国民间搭建友好桥梁的文化、文学交流活动。了解他在这方面的活动，对于解读井上靖的文学创作尤其是出自他笔下的大量中国题材的历史小说而言是个不可或缺的一环。井上靖从 1957 年起至 1988 年期间先后 27 次访问中国，游历华北、华东、中原、华南以及西北边疆地区，其间也创作了与此相关的随笔和散文诗。

1956年3月23日，井上靖和中岛健藏（1903～1979）、千田是也（1904～1994）等文化界著名人士发起成立了以促进日本和中国两国人民友谊和文化交流为宗旨的日中友好交流协会。协会创立之初，井上靖作为协会会员参与各项交流活动的策划。当时，中国和日本两国尚未建交，日本政府对中国采取敌视政策，致使民间往来困难重重。在中日两国实现邦交正常化之前，日本中国文化交流协会曾为促进两国人民友好交往起过穿针引线的作用，竭尽全力，广泛团结要求日中友好的日本文化界人士和团体，积极开展活动，为1972年的中日邦交正常化做出了重要贡献。中日邦交正常化之后，日中文化交流协会与中国文化界加快了交流的步伐，各界文化代表团频繁互访。井上靖从1974年6月起担任日中友协常任理事；1979年7月任常任顾问；1980年，继中岛健藏之后，担任该协会的会长，代表协会活跃在中日两国民间外交的最前沿。井上靖担任协会会长的十年正是中日两国关系的"蜜月"阶段。井上靖对中国人民的热爱之情以及他为中日友好关系和文化交流做出的杰出贡献，使他得到了中国人民的尊敬与赞誉。1986年，北京大学授予井上靖"名誉博士"称号。

　　井上靖与中国文学界的友好互动开始于 20 世纪 50 年代。1957 年 10 月 26 日～11 月 22 日，井上靖与山本健吉、中野重治（1902～1979）、本多秋五（1908～2001）、十返肇（1914～1963）、堀田善卫（1918～1998）、多田裕共计七人作为第二次世界大战结束后第二次访问中国的日本民间友好团体——日本作家访华团的成员，飞抵北京对中国进行访问，行程从首都北京经由上海最后一站是广州。这次访华对井上靖来说，实际上是第一次真正意义上来到其历史小说创作中的现实舞台。他曾多次向中国文化界人士讲述自己初次访问中国时的激动心情。当时入住在相当于现在钓鱼台国宾馆的北京饭店，井上靖因为感到自己确实是身在渴望已久的北京，兴奋得夜不能眠。虽然在战争期间，井上靖曾应征入伍，到过中国华北地区，接触到现实的中国，但那个时期的井上靖并没有开始中国题材的历史小说创作活动。战后第一次来到中国，最让井上靖吃惊不已的是中国国土之辽阔。这也许是所有第一次来到中国的日本人印象最深的感触。井上靖深深感受到日本文化的特性是植根于日本岛国，中国文化则是植根于这辽阔的国土、悠久的历史。日本文化特性和中国文化特性虽不能进行优劣比较，但小国和大国的不同已清楚地反映在所有方面。这一次的访问活动历时大约一个月，日本文学界与中国文学界的代表之间进行了互信接触和友好交流，并签订了发展中日文学交流的协议。

井上靖笔耕数十年，先后访问中国达数十次之多，与中国众多文学界乃至文化界人士结下了深厚的友谊，这种友谊的基础是出于对文学的共同理解、热爱和追求。其中，与作家巴金（1904 ~ 2005）、老舍（1899 ~ 1966）、冰心（1900 ~ 1999）等中国当代最重要的作家和文化活动家在共同推进中日友好事业的基础平台上结为志同道合的笃定挚友。在其后的动荡岁月里，井上靖和巴金正视中日历史的责任感和正义感让他们的友谊更加牢固。20 世纪 90 年代初，两人曾在《人民日报》和日本主流媒体《读卖新闻》上发表公开信，批判日本右翼势力篡改历史教科书的行为，在中日两国都引起了很大反响。

1984 年，时任中国作家协会会长的巴金率中国笔会代表团出席国际笔会第 47 届东京大会。在日本期间，他曾经同井上靖和日本剧作家木下顺二举行文学恳谈。巴金说：“我在日本有许多朋友，其中与井上靖先生感情最深。”巴金在对其与井上靖两人间的友谊进行回忆时这样说：“1961 年春 3 月我到府上拜谒的情景，还如在眼前。在那个寒冷的夜晚，您的庭院中积雪未化，我们在楼上您的书房里，畅谈中日两国人民间的文化交流。我捧着几册您的大作告辞出门，友谊使我忘记了春寒，我多么高兴结识了这样一位朋友。这是我同您 21 年友谊的开始。……井上先生，您是不是还记得1963 年秋天我们在上海和平饭店一起喝酒，您的一句话打动了我的心。您说，比起西方人来，日本人同中国人更容易亲近。您说得好！我们两国人民间的确有不少共同的地方：我们谦虚，不轻易吐露自己真实的感情，但倘使什么人或什么事触动了我们的心灵深处，我们可以毫不迟疑地交出个人的一切，为了正义的事业，为了崇高的理想，为了真挚的友情，我们甚至可以献出生命。您我之间的友谊就是建筑在这个基础上面的。""我和井上先生平素都不大爱讲话，但我感到在我们的心灵深处有共同的感情，可以敞开胸怀，无所不谈。我们之间的友情，是建立在共同的伟大的理想的基础之上的。那就是要为两国人民的幸福而奋斗。自古以来，我们中国人交朋友爱说交到底，就是说至死不变。对于朋友要做到三个字——忠、信、义。"

井上靖很敬重巴金的人品和文品，认为巴老的《随想录》充满对人类深厚的爱。他说对巴金先生的尊敬，是日本，也是世界各国读者共同的感情。严文井曾对井上靖说："印度的泰戈尔、日本的川端康成获得了诺贝尔文学奖，希望先生也早日获此殊荣。"但井上靖马上说:"在亚洲作家中,我应该排在巴金先生之后。"看得出,他对巴老的文学业绩和人格的高洁是钦佩之至的。

　　井上靖与中国作家老舍的感情甚是深厚,两人间的交往也很密切,其间亦夹杂着悲壮。"文化大革命"初期,日本文学界很多人曾经多方打听老舍的情况,得知其被迫害致死的消息后,许多日本作家都为其书写文章表示哀悼,井上靖于1970年写了题名为《壶》的长篇纪念文章(日本作家凭吊老舍的文章中,较为著名的还有水上勉(1919～2004)的《蟋蟀罐》、开高健(1930～1989)的《玉碎》和有吉佐和子(1931～1984)的报告文学《老舍之死》)。井上靖的纪念文章转述老舍先生曾经在一次日本文学界欢迎中国作家访问日本的招待会上即席讲过的一个关于"壶"的故事。故事的内容是,中国古代有个收藏古董珍品的富翁,后来家道败落,没落到靠出卖收藏品维持生计的窘困情境。最后仍然事业无成,终于沦落为沿街逐门乞食讨饭的叫花子。然而即使成了乞丐,他仍保存着一只珍贵的古董壶,无论怎么贫穷也不肯典当出卖。他带着这只壶到处行乞,漂泊流浪,受尽了百般摧残,饱尝世态炎凉。当时,有人想要获得这只壶,出了很高的价钱向他索取收买,几经交涉,那个乞丐却死也不肯脱手。过了几年，乞丐衰老得连走路都十分困难了，想买壶的人趁势收留乞丐，供给他饭食，想着等他死后能得到那只壶。不久，乞丐得病死去，哪知他在临死之前，拼着最后一口气把那只壶掷到院子里的石头上，摔得粉碎。文章中还提到，老舍讲述这个故事之时，在座主持欢迎座谈的日本作家广津和郎对中国人宁肯把价值连城的宝壶摔得粉碎也不肯给那富人保存表示难以理解。若干年后，当老舍在"文化大革命"中含屈自尽的消息传到日本之后，井上靖终于清楚地领悟了当年老舍所讲的这个故事中所内含的气节精神。在悼念文章的结尾，井上靖写道："我想老舍一定是壶碎身亡的。"

　　1980 年 8 月井上靖继任中岛健藏当选为日中文化交流协会会长，当选后他很快率团到中国进行上任后的第一次工作访问。访问日程中有一项应井上靖先生要求而在原订行程之外特意安排的活动——为在"文化大革命"中被迫害自杀的老舍先生"上坟"。在凭吊老舍的八宝山革命公墓灵堂里，随同井上靖来访的日本作家白土吾夫（1927～2006）讲了井上靖写作《壶》那一特定历史阶段的心情。白土吾夫告诉在场的人说："井上靖先生 1970 年就写了《壶》，发表之前，给了我，要我看看。看过文章之后，我对他说：'先生此文一出，恐怕再也不会被允许到中国去了。'对井上靖先生来说，不再被允许到中国去意味着什么，恐怕没有比井上先生自己更清楚的了。他听了我的话之后，沉思了片刻，只说了一句话，算是对我的回答：'我宁愿不再到中国去，也要发表它！'"白土吾夫对往事追忆的故事使当时同在灵堂内的所有人士无不震惊，在此之前人们只知道井上靖曾经写作和发表过题名为《壶》的文章追悼老舍先生，但无论是谁都想不到在这篇文章的纸面下边还潜隐着如此严峻的选择和沉重的话语。在场陪同的中国作家冯牧感叹地表示："这件事充分体现了一位正直的作家的正义感和中日作家之间的深厚友谊。"《壶》的创作和发表不啻为日中两国文人互相影响、互相支援、互敬互爱的最好证明。

　　另据巴金先生的回忆，1977 年 9 月 2 日，井上靖在上海虹桥机场和巴金谈起老舍曾讲过的"壶"的故事时，井上先生激动的表情给他留下了深刻的印象，当时，巴金并不理解为什么井上先生如此重视自己读过他的这篇文章，在他阅读过其他日本作家怀念老舍的文章后，意识到"日本朋友和日本作家似乎比我们更重视老舍同志的悲剧的死亡，他们似乎比我们更痛惜这个巨大的损失"。巴金曾在一次招待会上说："当中国作家由于种种原因保持沉默的时候，日本作家井上靖先生、水上勉先生和开高健先生却先后站出来为他们的中国朋友鸣怨叫屈，用淡淡的几笔勾画出一个正直善良的作家的形象，替老舍先生恢复了名誉。……我从日本朋友那里学到了交朋友、爱护朋友的道理。"

根据日本著名作家水上勉发表在《日中文化交流》杂志1991年5月号上的题名为《井上靖的中国》的回忆文章的记载，他们曾共同组团赴中国陕西省的延安地区参观访问，有一天结束当天的活动安排回到下榻的饭店，井上靖在和同行者聊天时曾向大家发出询问，话题是每个人究竟最喜欢中国哪座城市。当其被人反问时，他回答地方是北京。水上勉认为井上靖喜欢中国的每一个地方，无论走到中国的随便哪个地方，水上勉总能看到井上靖的脸上总是挂着发自内心的笑容。

阅读署名丁义元的《怀念井上靖先生》（1991年10月10日所写）一文，可以了解到该文作者、画家丁义元1984年以中国美术家代表团成员的身份访日时曾到井上靖家中拜访，井上靖先生在交谈中告诉作者丁义元说："世界上我最喜欢北京这座城市。这不是逢迎的话，我是从心里这么认为的。北京的长安大街，是在东京等其他城市看不到的。天安门广场也是其他地方所没有的。我经常对别人说起，并且也经常在文章中提到。"

1991年，井上靖去世的消息传到中国，中国各界人士纷纷发出唁电悼念井上靖先生，当时的中国作家协会主席巴金亲自书写唁电代表中国作协以传真信件的形式发往东京。

在井上靖去世三个月后，中国人民对外友好协会追授他"人民友好使者"的光荣称号。前全国政协副主席赵朴初说，井上靖先生作为一位中国人民永远怀念的友好使者是当之无愧的，他的作品和事业必将永远留在人间，继续发挥"人民友好使者"的作用。

冰心在《悼念井上靖先生》一文中这样表示："我和井上先生有一段很深的文字姻缘。从 20 世纪 60 年代初期起，我们频繁地来往，有的是在东京的他的府上，有的是在北京的我的家中。这重叠的画面上，有许多人物，许多情景……特别是井上先生每次从中国的西北回到北京，就热情洋溢地告诉我他的旅游见闻的一切，亲切熟识，如数家珍！我感谢井上靖先生，他使我更加体会到我们国土之辽阔，我国历史之悠久，我国文化之优美。他是中国人民最好的朋友。他在中日文化之间，架起了一座美丽的虹桥。我向他致敬！"

第二章

"西域情结"与中国题材历史小说

第一节

从"西域情结"到小说创作

　　弗洛伊德把文学创作视为作家内在精神机制中"原欲"的外化与升华。这样的认识固然有其简单、片面的因素，但他确实把握和显现出了文学创作与作家意识深层中的潜意识、无意识间非常密切甚至是一而二、二而一的同位关系。文学创作的确具有某种替代"原欲"的宣泄作用。弗洛伊德认为，作家创作的动因是幻想，是受到压抑的愿望在无意识中的实现。只有一个愿望未满足的人才会幻想，也只有幻想才能满足受压抑的愿望。文学要表现生活，首先是作家从自己的人格结构出发，在自己的历史命运中体验，回味那曾留给自己心灵最大震颤的生活。这样的生活往往是破碎的、幽隐的、难以言状的，大量保存在无意识的深层心理之中，形成一种被称为"情结"的精神机制。

就其对于中国传统文化以及中国古典文学的认识问题，井上靖与日本中国学学者吉川幸次郎座谈"中国文学与日本文学"时井上靖回忆说，自己中学时代受中国文化的影响，"并不是在课堂上，而是自然地深入其中，受到熏陶的"。① 他还说"从学生时代起，就喜欢阅读有关西域的东西。不知从何时起，对处于西域入口处的敦煌附近的几个都邑，分别有了自己的印象。这些印象全是从书本上得来的，并且极其自然地在我心中产生了"。"西域，这个词一直充满着未知、梦、谜、冒险之类的东西。在那个时代，我就想，能不能真的到西域去旅行呢？"②

---

① 周发祥编：《中外比较文学译文集》，北京：中国文联出版公司，1988年，第347页。
② ［日］井上靖：《遺跡の旅・シルクロード》，东京：新潮文库，1986年，第260页。

　　实际上，"西域"这一概念本身是非常含混的，是中国古代史书上使用的语词概念。在中国的历史语汇中，起初是把中国疆域以西的空间范畴总括笼统地泛称为西域的，甚至可以包括南亚次大陆的印度和西亚的波斯。后来不再把印度和波斯称作西域，西域的概念被限定于中亚地区各个国家。当然，中国境内古代存续过的一系列独立的民族政权如西域三十六国在中国古代的文献典籍中也属于西域的概念范围。西域即中亚地区历史上多次遭到强大外敌的侵略荼毒，先有亚历山大大帝从马其顿率领罗马军团东征，后有阿拉伯人和蒙古人的铁骑侵入。在西域地区这片神秘的土地上，历史留下的战争痕迹随处可见，漫长的岁月在泥土的尘封下淹埋了太多的历史残片。

　　正是这充满了"未知、梦、谜、冒险"的西域，引起了井上靖无限的遐想，激起了他对中国古代西域浩瀚无际的大漠戈壁和各民族交融而成的东方文化的向往。

　　恰如井上靖自己所说的，他从学生时代起就对中国以及西域文化抱有浓厚的兴趣。憧憬和向往古西域的文物风貌，格外关注当时日本学界西域研究的成果和动向。早年间对于《史记》《汉书》等一大批中国古代典籍的涉猎与阅读，为其后续的西域小说以及其他中国题材历史小说的创作奠定了坚实的史料基础与知识积累。

可以说，在井上靖西域题材的作品里，寄托着其从青年时代就孕化并萌生了的"西域情结"。在其青年时代，井上靖屡次改变志向，调整转变生活方向、创作方向，直至40岁时，凭借中篇小说《斗牛》的写作一举登上日本文坛。在登上文坛的当年（1950），他发表了自己的第一篇西域题材小说《漆壶樽》。作品以日本奈良正仓院收藏的古代西域文物——漆壶樽为题材，从一个侧面表现了日本与古代中国及西域之间的文化交流，表现出井上靖对西域历史文化的浓厚兴趣。从这个意义上说，对井上靖而言，撰写西域题材的小说就是其"西域情结"的一种具现。1977年，丝绸之路新疆段对外开放后，井上靖得以踏上梦中的西域舞台。他无限感慨地说："尽管小说的舞台被黄沙吞噬殆尽，荡然无存，然而，我却觉得月光、沙尘、干涸的河道、流沙，从古至今，依然如故。每天夜间，我在呼啸的风声中，高枕无忧，睡得十分香甜、安稳。只有在倾注了青年时期心血的小说舞台上，我才能睡得如此香甜、安稳。"①

---

① ［日］井上靖：《井上靖西域小说选序言》，耿金声、王庆江译，乌鲁木齐：新疆人民出版社，1984年，第567页。

第二节

"西域情结"的核心:《敦煌》《楼兰》

一、小说《敦煌》

所有的传说

都已埋进沙丘

所有的故事

都已死在荒城

波涛般的曲线的

沙丘与荒城

历史已成远去的烟云

已成断戟残简、枯骨穹弓

已成蜃楼海市

已成木板线装书发黄的梦

悬垂在大西北倾斜的苍穹

风读着它

给三危山上冰冷的月亮听

给鸣沙山上滴火的太阳听

　　"古往今来，无论兴亡，历史的基调乃是哀伤。"这一主题贯穿于井上靖的西域题材历史小说——《敦煌》的始终。干涸无际的沙漠场景，仿佛每一粒随风飞扬的沙粒，都蕴含着井上靖文学特有的凄冷诗情。然而，井上靖并不是在写历史。就历史而言，和已知相比，居多的永远是未知。井上靖曾说："由于西域不断发生着民族的移动、更替，以及必然随之而来的破坏与建设，加上沙漠的特殊地理条件，使迷雾的部分放大了。"也正是这迷雾部分，吸引着一代代舍生忘死的探险家和孜孜求索的学者如痴如醉地探秘寻访，井上靖也是其中的一位。

　　位于甘肃省西部古丝绸之路上的重镇敦煌，和死亡沙海中的楼兰一样，是一个谜一般极具魅力的地方。敦煌是古丝绸之路的重要交通要道、商业枢纽、军事重镇，也是中原文化与西域文化交流、中国本土文化与印度佛教文化融会的中心。特别是敦煌南郊的鸣沙山莫高窟，更是充满神秘色彩。从北魏时代开始开凿，至唐朝规模、数量进一步扩大，直到宋元时代逐渐衰微，共开凿了 492 个大小洞窟，其中，现在能够确定开凿年代的洞窟有 232 个。洞窟中有大量的佛教壁画、雕塑，有些洞窟还收藏着数量庞大的佛教经卷和大量珍贵的历史文献。但长期不为人所知，直到清末才被发现。敦煌莫高窟中的这些文物何时被收藏？由什么人收藏？为什么要收藏？都是一系列难解的谜团。中外研究者也众说纷纭。敦煌莫高窟的历史本身就是一部跌宕起伏的小说，也为小说创作提供了广阔的想象空间。

20 世纪 50 年代前，无论在中国还是在世界上，以敦煌及莫高窟的历史为题材进行创作的小说类叙事作品尚未出现。一些西方探险家出版的关于敦煌的著作和现代中国学者写的介绍敦煌的文章，引起了一直关注西域学术研究成果的井上靖的注意。日本作家的学者化倾向是个普遍的现象，他们的文学叙事往往刻意要与学术研究联系沟通，有关中国题材的创作，无论描写当下的中国还是历史上的中国，也都常常注意吸收学界新的研究成果。井上靖也正是这样一位学者型作家。

中国的历史小说研究者唐浩明曾经说过："一个历史小说的作家，应该是对自己笔下的历史有着较深研究功夫的学者。"学者型作家井上靖的学问素养，首先表现在小说主题是在学术研究的基础上诞生的。井上靖在动笔之前，翻阅了大量文献资料以及现代学者的敦煌学研究成果。例如，罗振玉的《雪堂丛考》及其他学者编写的《敦煌艺术叙录》《敦煌变文集》等著作资料。还数次前往京都请教日本敦煌学专家藤枝晃（1911 ~ 1998）。在写作过程中，有关敦煌的知识多是研读日本学者的论文。相继阅读了京都大学人文科学研究所有关沙洲、瓜州政权的《归义军节度使始末》，藤村晃的《维摩变的一个场面》、冈崎精郎的《河西维吾尔史研究》等学术文章。此外，他涉猎的资料还有1936年日本《史学杂志》所载的铃木俊（1904 ~ 1975）的《敦煌发现的唐代户籍与均田制》《王延德高昌行纪》《高居晦于田纪行》《敦煌县志》《武备志》等。并通过西域文化研究会编辑的《敦煌佛教资料》中塚本善隆（1898 ~ 1980）的《敦煌佛教史概说》，了解当时西域入口河西一带边境的宗教情况。有关宋代风俗、都市景象等则参考了《东京梦华录》《水浒传》等作品。井上靖的作品中多处表现出对学问的特殊关注，主人公赵行德屡试不第的遭遇或许与作者青年时代的多次落榜有关。作品中对西夏文字的关注也是作者特殊兴趣的结果。特别是关于赵行德在沙洲灭亡前夜抢救经典的构思，更具有鲜明的文化主义色彩。他的想法是"财宝、生命、权利，各有其主，但经典不同。经典不是哪个人的财产，只要不烧，在哪儿都行……只要不烧，放在那儿就有价值"①。

从石窟里发现的古文书中年代最晚的部分资料来看，石窟封存当是宋仁宗时代。在中国史书中，在1026年以后的近10个世纪里，关于敦煌经卷的记载相当缺乏，这强烈地刺激了小说家的想象力。因此，井上靖在研读敦煌各方面资料之后推定，经卷封存的原因应当是外族的入侵。井上靖说：

执笔开始是1958年10月，最初想写成300页左右的中篇，清楚地写出从早晨到晚上封存敦煌石窟的一天。不用说，封存的原因只是外族的入侵。说到外族的入侵，这也只能是西夏收沙洲、瓜州灭归义军节度使曹氏的情

---

① ［日］井上靖：《敦煌》，《井上靖歴史小説集》（第一卷），东京：岩波书店，1981年，第196页。

况。从埋存的东西来推想，可以认为埋存的人可能是僧籍的人，或者是当时的官吏吧。

　　20 世纪初，敦煌千佛洞石窟沉睡的数目庞大的经卷得以重见天日。这无疑是 20 世纪文化史上一件大事，然而为什么这些经卷被埋进石窟却是一个谜。井上靖在他的创作札记中写道，他要描写的正是那经卷背后隐藏的历史。这是作者最感兴趣的课题。小说主人公赵行德这一人物固然是虚构的，但作者是要通过这一人物，描写西夏民族崛起、创立文字，改变与周围各民族的政治文化关系这一与敦煌莫高窟内的藏经洞相关联的历史变迁。和历史学者不同的是，作者并不仅仅追寻经卷藏匿于千佛洞的原因。作者在严肃审视历史史实的同时，以虚构的情节增添了小说的可读性。小说中作者塑造的主人公赵行德藏匿经卷的最初动机，源于自己对回鹘王族女子的爱情。井上靖回忆自己准备写作的经过时，数度满怀惬意地谈到那是一段"极为快乐的时候"。显然，在这一时段，学者的学识、小说家的想象与诗人的诗情，正交织契合、有机融汇于创作者的心胸之内，即将以如诗如画的情境被诉诸笔下，跃然于纸上。

　　井上靖将《敦煌》的时代背景设置在公元 11 世纪初的

宋代。小说中西夏王李元昊、沙洲节度使曹贤顺、瓜州太守曹延惠等角色，都是历史上真实存在的人物。但是井上靖并没有把这些真实的历史人物作为核心人物，而是另外又增设了赵行德、朱王礼、尉迟光这3个虚构的人物作为小说的主人公，其中的一号主角是有着赵宋王朝举人身份的赵行德。小说一开始就写赵行德从湖南乡下来到都城汴梁（今开封）参加殿试，在考试前因嗜睡过头而错过了应考赴试的时间，因而导致科场落第。正在失意之中，曾经得其救助的一位西夏女子送给他一块写有西夏文字的布条，这块写着出生秘密的布条引起了赵行德对西夏文字的强烈兴趣。于是，赵行德决定前往西夏。途中加入隶属西夏国的朱王礼率领的一支汉人部队，并受到了朱王礼的重用。在战争中救了回鹘王族女子，并与之相爱。赵行德决心到西夏都城兴庆府学习西夏文，便将女子托付于朱王礼。西夏王李元昊从朱王礼手中抢走女子，并迫其为妾。一年半后，赵行德再度与王女相遇，其后，目睹了王女从城墙上投身自尽的一幕。他坚信女子是为他坚守贞洁而死。回鹘王族女子在小说的中间部分就已经死去，但她的影子仍然游移在整部作品之中，并左右着男人的行动。以玉石项链作为人格象征的女子具有不可思议的力量，使文弱书生的赵行德变得勇敢坚强，使剽悍暴烈的朱王礼呈现柔心温婉的一面。王女幻化为漫长历史中不灭的女性形象。悲伤之余的赵行德开始专心潜意地研读佛经。继之,赵行德结识了唯利是图的商人尉迟光。尉迟光对莫高窟千佛洞非常熟悉,赵行德利用尉迟光的贪婪本性,将大批佛经混入尉迟光的财产中,一道藏入敦煌鸣沙山的洞窟中。后来,故事中的人物纷纷死去,这些佛经一直深藏在那一洞窟的密室夹层之中,尘封沙海从来不为世人所知,直到清朝末年被看护莫高窟的王道士发现才又得见天日。

井上靖在写作小说《敦煌》时,并未到过他作品中展现的河西走廊。在《敦煌与我》一文中,他说:"写小说《敦煌》以后的 20 年间,我就想到自己小说的舞台——河西走廊实际走一走。想亲眼看一看敦煌、莫高窟的愿望很强烈。"[1]但是,这个愿望直到 20 年后才变为现实。1978 年,井上靖接受中国人民对外友好协会的邀请初次游历敦煌。有同行者问他:"现在站在小说的舞台上,你的感想如何? 有没有必须重写的地方?"井上靖回答说:"遗憾的是作为小说舞台的地方,都被沙子掩埋了。但如果挖出来的话,应该和小说中描写的

---

[1] [日]井上靖:《敦煌 砂に埋まった小説の舞台》,《井上靖全集》(别卷),东京:新潮社,1999 年,第 213 页。

别无二致。"①

《敦煌》发表以后，对井上靖叙事手法的评价渐高。日本各大报刊的书评，都赞其为"宏大的叙事诗""长篇叙事诗"。一位未署名的作者在《周刊朝日》上撰文说："这部作品的根本特点在于它是部长篇叙事诗。在这个意义上，与主要趣味在个人性格及其纠葛的现代小说性质大不相同。主人公赵行德自不用说，连武人朱王礼、商队头目尉迟光，都没有所谓正统现代小说式的性格描写……说它不是现代小说，这丝毫无损于这一作品的价值，它不是以一个个的人物，而是以全部登场人物群为因子而展开壮阔的历史命运，这正是这部长篇叙事诗的最大的主人公。"龟井胜一郎（1907～1966）在《读书人周刊》评论《敦煌》时写道：

这部作品的生命，在于井上靖在拓展故事情节时的结构力和文体。他拒绝诗情语言的感伤和甘美，而是冷静地铸刻每一个文字。使人如同阅读雕刻在石碑上的古文字。那是一种坚固。虽然也有一种汉文字的效果，但是

———————

① ［日］井上靖：《敦煌　砂に埋まった小説の舞台》，《井上靖全集》（别卷），东京：新潮社，1999 年，第 213 页。

在坚固性中，井上靖的诗魂被压缩，凝结了，创造出一种金石文字般端正而遒劲的文体。

其次，这部作品的生命还在于惊人的音响和色彩感。不必卒读即可明白，那里有沙漠的风暴、兵士的呐喊、战马的嘶鸣，自然和生物的凄厉的咆哮。在读者耳际漩荡着发自古代史的壮烈的回响。同时大自然、燃烧的城池、沙漠的黄昏等，给人一种绚丽的色彩感，恍如是在电影中创造出来的无比的美。

即使说《敦煌》是由文字组成的造型和音乐的世界，也不会言过其实。这里所描写的，是一切行动的人，是具有原始热情和冷酷的激烈的世界。围绕这些，以一抹的妖艳，描写了王女悲剧命运的风姿。[1]

1958 年，井上靖的《敦煌》发表之时，有着得天独厚资源优势的中国作家却没有写出类似的作品，甚至没有人对与《敦煌》相类似的题材表现出堪与井上靖相类的兴趣及创作冲动。《敦煌》在很大程度上起到了向日本读者传播中国

---

① ［日］福田宏年：《井上靖评觉伝》，东京：集英社，1979 年，第209~210 页。

文化的作用，翻译成中文后客观上又起到了向中国读者扩大和张扬敦煌影响的作用。中国著名作家冰心在《井上靖西域小说选》中文译本的序言中说："我要从井上靖先生这本历史小说中来认识了解我自己国家西北地区，当年美梦般的风景和人物。这是我欣然作序，并衷心欢迎这个译本出版的原因。"① "我感谢井上先生，他使我更加体会到我国国土之辽阔、我国历史之悠久、我国文化之优美。"②《敦煌》是一部成功的历史小说，成为井上靖西域小说的代表作是当之无愧的。这部作品后来被译成了数种外文版本，并在日本被改编成电影搬上银幕，引起了很大的反响。

二、敦煌系列散文诗

井上靖在少年时代就向往西域这块土地，和汉武帝一样，被西域的汗血宝马深深吸引。他首先用自己的文学创作诠释"西域情结"，在其作品完成多年以后的 1978 年，才得以

---

① ［日］井上靖：《井上靖西域小说选序言》，耿金声、王庆江译，乌鲁木齐：新疆人民出版社，1984 年，第 1 页。
② 同上，第 2 页。

踏上自己作品中的舞台。1978 年应中国对外友好协会的邀请访问中国，1979 年又随日本 NHK 电视台丝绸之路采访组到敦煌采访，终于两次圆了他的敦煌梦。在那里，敦煌文物研究所所长常书鸿向他详细介绍了敦煌的历史、文物和发掘经过，和他一起跨进他小说中曾经描绘过的千佛洞，使他感慨万千。回到日本后，他不仅发表了散文《敦煌与我》，还创作了多篇散文诗。

若羌村

沙漠包围的若羌村入睡了。深夜，在呼啸的风声中睁眼醒来。窗外，称作树木的树木都一齐倒伏着。早晨，站在村头看去，沙尘已经包住了杳无人迹的四方来路，那里出现了骡马和骆驼。故里，这想法重新抓住了重回床头的我。前生，还有前生的前生，我在这里出生，在这里长大。于是在传入耳中的风声中，想法变成了确信。

白龙堆

那由太古风蚀而成的石灰性黏土的波浪，展延到一望无际的天涯，沙与土之波涛的扩展，在这里所看到的死——是壮大！中国古代的史书上叫白龙堆，这或许因为它是由龙的脊骨编织而成的白色地带之故。

这里——落日庄严，月光壮丽，为非人之居处。连自己背后曳着的身影，也都觉得秽污。站在它的一角，我成了圣地的冒犯者，吸香烟！如果，连孤独也被拒绝，那么——人，就只好在此耍无赖，除此之外，别无他途。

木乃伊的遗迹

漫步在沙漠上，这里沉睡着2000年前漂亮的都市。沙里随意混杂着石英。这是有天使壁画出土的遗迹。为什么没有了漂亮的城市呢，各种眼睛、肌肤的男人与女人都在相恋、在跳跃，生出有翼的美丽混血儿的城市。不知什么时候一夜之间，洪水把一切都冲走了。只有洪水，才能埋葬这漂亮的城市。

如果在这里

——如果在这里我死了。

我想，那定是经过了十个小时的汽车跋涉，驰过沙漠和戈壁，刚刚到达，这晚风渐息，薄暮中的村落之时。

——如果在这里我死了。

那夜，我在床上，曾再度地想过，死后很简单，就让我睡姿按入沙漠的沙棘之中，成为木乃伊。既不是地狱，也不是极乐，只是沙的世界。家族成员不来，谁都不来，只是个木乃伊。

——如果在这里我死了。

那夜，我的睡眠很安逸，在未曾有过的安详之中。我睡着了。

在这些散文诗中，井上靖写到梦中遐想，自己"前生，还有前生的前生"，在这里出生，在这里长大。这正是他感到敦煌之行如归故里的真实写照。没有沙漠中的敦煌，便没有井上靖小说中的敦煌。"西域之行中最快乐的是思考或回想这些地方所蕴含的历史。"[①]他站在古国的遗址面前，无穷的思绪在脑中驰骋——洪水把它淹没，才会使昔日的繁华变为废墟。也许他的推测并不正确，或许是河流改道失去水源才使这里的人们不得不远迁他乡。但不管怎样，他好像仍然在继续他何以书藏洞窟的探问，试图解开历史之谜，在历史的间隙中构筑他的小说世界。对他来说，敦煌和敦煌周围

---

① ［日］井上靖：《西域故事》，李永炽译，台北：国语日本出版社，1982年，第5页。

的沙漠有永远解不完的谜。他的《楼兰》《昆仑玉》《永泰公主的项链》《苍狼》《异域人》《洪水》等作品，都是以西域为舞台创作的，他的散文诗总是流露出一种回归故里的充实感。

三、小说《楼兰》

1958 年，井上靖发表西域题材中篇小说《楼兰》。楼兰是一个位于罗布泊畔的古代西域小国。中国的《汉书·西域传》中对楼兰曾有记载，但过于简略，许多问题（如楼兰国属于哪个民族等）都语焉不详，而这恰恰给井上靖提供了艺术想象的空间。20 世纪初，现代西方考古学家斯坦因·海德第一个到楼兰遗址考察发掘，并发现了一具年轻女性的干尸。井上靖在阅读斯文·赫定记载楼兰之行的《彷徨的湖》一书的日文译本后，便对楼兰产生了创作冲动。他把那个年轻女子想象为自杀而死的美丽王妃。井上靖在无法实地考察的情况下，仅凭借从书本上获得的有关西域的知识，并根据《汉书》上的简单记载，力图再现古代楼兰的历史风貌。他在《楼兰》的开篇处写道："古代，西域有一个名叫楼兰的小国。楼兰这个名字出现在古代东方史上，是公元前 120 年前后。而它的名字在历史上消失则是在公元前 77 年，总共才存续了 55 年短暂的时间。在东方史上，这个楼兰国的存在，距今也有两千年了。"① 在他笔下，楼兰是一个罗布泊畔的弱小国家，在东边的汉朝和西边的匈奴之间的夹缝中备尝艰辛。汉代的统治者，以保护楼兰不为匈奴劫掠为名，让他们从美丽的罗布泊迁往一个叫鄯善的新地方。几十年后，当鄯善的武将们计划从匈奴手中夺回楼兰的时候，美丽的罗布泊已消失得无影无踪，楼兰的街巷也淹没在黄沙之中。井上靖在这部中篇小说中重点不在于塑造人物形象，而是力图以有限的史料、凭借想象和虚构铺叙情节，复原古代一个西域小国的历史。

楼兰的湮灭象征着一个民族的悲哀，犹如从方山顶上挖掘出的那个年轻女子的木乃伊一样，默默无言。然而，显然又在诉说着一部浑厚凝重、催人泪下的历史故事。这木乃伊在作者的笔下化为与楼兰共存亡的宁死也不迁往鄯善的安归夫人，美貌绝伦的年轻王后的悲愤自尽意味着一段历史的毁灭。虽然这个人物在整个作品中着墨不多，但她所表现的精

---

① ［日］井上靖：《楼兰》，《井上靖历史小说集》（第二卷），东京：岩波书店，1981 年，第 1 页。

神却是作品的主题，使小说《楼兰》极富浪漫主义的色彩，从而升华为一首叙事诗。不言而喻，作者虚构的这个贞烈女子与井上靖文学中永恒的女性形象联结在一起，在情感、人格上和《敦煌》中的回纥王女是共通的。读《楼兰》，不是读史，不是读历史故事的演绎，而是读一首诗。楼兰本身就是历史与自然写在天地间的壮丽史诗。井上靖的《楼兰》是对这首古老诗歌的诠释。悲壮的史剧浓缩在鲜活的诗语里，读来荡气回肠、百感交集。

在《楼兰》《敦煌》发表之际，日本有些学者称其为"文学冒险"，礼貌地加以肯定，但同时认为作品以自然为主人公，没有细致入微地描写登场人物，让人感到主题不够鲜明。对此井上靖答复说：

我不仅限于取材西域，而是想要在广泛意义上写历史小说。这种场合，我总是想从写人的象征剧的心情出发。不是通过个性追求人，而是象征性地处理、从根本上把握个体的人。遗憾的是，我还没有写出这样的作品。但我始终想要写这样的作品。

现代小说，以这种方式追求人是不合适的，但历史小说则是可能的。极言之，在既已整理的历史潮流中强行将人拖出来，完全是为了触及人所具有的普遍性问题。

有的小说将历史本身视为人与人的"戏剧场"，这种情况下，历史的潮流本身，是一个由时空限制的简单舞台。从这个意义上说，虽然穿了历史的衣裳，但与现代小说没有什么不同。

写历史小说，常常痛切地感到的，就是浮现出心理描写、现实地处理对话，无例外地完全成为"像是目睹的谎言"。由此考虑，要在历史的潮流中发现人，就只有象征地处理人本身。①

在井上靖创作的作品中，西域题材历史小说所占比率不是最高的，但其艺术成就和社会影响却是最高的。作为战后最早着手写作这一题材作品的作家，井上靖为其后日本文坛的中国题材历史小说创作和繁荣开辟了先河。井上靖又是第一个将目光投向中国西域的作家，后来其他日本作家对西域、对古代丝绸之路的强烈兴趣及随之而来的"西域小说"创作，在很大程度上都是受到了他的影响。

---

① ［日］福田宏年：《井上靖评觉传》，东京：集英社，1979年，第211~212页。

第三节

西域题材小说中的女性形象

　　在这一系列西域题材小说中，井上靖还塑造了鲜明的西域各民族女性形象，例如，小说《敦煌》中的西夏女子、回纥王族女，《楼兰》中年轻的先王王后，《漆胡樽》中的匈奴女子，《异域人》中的于阗女子，《狼灾记》中的铁勒族女子，《洪水》中的阿夏族女子，以及《苍狼》中成吉思汗的爱妃忽兰。井上靖的历史小说创作方法是尊重史实与自由发挥主题并存，继承了森鸥外以考据、实证正史资料为依据的纯历史小说的基本品格，使小说表现出纯历史小说的严肃性和历史可信性；但同时又不为正史资料所拘囿，在一些非主要事件和人物的描绘上敢于发挥自己的想象力和重构力，从而实现了小说文本建构的审美追求：诗与史的融合。他所创作的西域题材历史小说无一不是尊重历史与发挥想象的产物，对西域各民族女性的形象塑造更是其发挥想象的最具有代表性的产物。

一、贞洁

小说《敦煌》中科举考试失意的赵行德茫然走在街上，在街巷见一西夏女人一丝不挂地横卧在木箱上，要被男人切块卖掉。赵行德问女子自己是否愿意？女子粗暴地回答"愿意"，声音高亢、清脆。赵行德不忍看女子受折磨，要将其整个买下。那女子说道："对不起，不卖整个的。你不要看低西夏女人，要买就一块块买。"在付钱买下西夏女子，让其自由离去之后，赵行德开始思考自己这一天的经历，也开始思考西夏女子，当时她躺在木板上在想些什么，她真的不在意生死吗？她拒绝被整个买下，又是为什么？这就是所说

的贞操吗？赵行德感到他的心被一种巨大的、强烈的东西抓
住了。赵行德认为西夏女子不在意生命得失的沉稳，也许并
不是其一个人本身所特有的品性，如同她暗沉的瞳孔颜色，
是整个西夏民族所特有的。这里所说的贞操和中国传统观念
中的贞操不尽相同。中国的贞操观念一般是指女子从一而终
的操守，而日本主要是指女性对男性保持性的纯洁。小说中
西夏女子之所以会被人切肉卖掉，是因为她跟男人私通，还
要杀了这个男人的老婆。但即便如此，她仍然高傲地拒绝被
赵行德整个买下，宁可被一块块地切肉卖掉，也要保持自己
的纯洁，哪怕对方只是私通的对象。这种贞操观念还体现在
小说中回纥王族女的身上，并且，在井上靖之后创作的短篇
小说《狼灾记》中的铁勒族女子等女性身上也有所体现。这
些女子在遇到小说男主人公之前，都有各自的未婚夫或丈夫，
但一旦和男主人公有了情感的纽带之后，宁愿为其坠城而死，
或变身为狼。

　　赵行德在一次战争中遇到一回纥王族女，她在城墙烽火
台上等待未婚夫回城，遇到赵行德后，相信未婚夫已经在交
战中死去，赵行德是未婚夫转世。赵行德与其约定前往兴庆
学习西夏文一年后回来，但三年后才回来，此时，回纥王族
女已被迫成为全军统帅李元昊的姬室。二人在城中心擦肩而

过，赵行德注意到回纥王族女，想靠近确认，回纥王族女发出一声轻微的叫声，随即匆匆从赵行德面前走过。尔后，在阅兵式上，赵行德亲眼看见回纥王族女突然间飞一般从城墙上跃下。赵行德明白，回纥王族女的举动大概是为了向自己表明其纯洁的内心，因为对于回纥王族女来说，除了"死"这种表达方式之外，再别无他法。赵行德深信她是为了自己而决意自杀的。其后，每次想起回纥王族女，赵行德就感到某种安定的静谧感充满了自己的五脏六腑。这已然不是对故人的爱恋之情，也不是悲欢之情，而是对人类情感中最纯粹的、最完美的情感的赞叹。在与尉迟光一同前往瓜州的路上，赵行德与尉迟光为回纥女人是否皆为娼妓一事出言争辩。尉迟光说："回纥女人从上到下全是娼妓。"在此之前，赵行德在任何事情上对尉迟光一直都是忍让，唯独对回纥王族女子的贞节一事，却不能让步。赵行德一再强调回纥女子也有贞节，高贵的王族女子，为表明自己的贞节不惜一死。野蛮粗野的尉迟光对赵行德大打出手。

作家井上靖曾在其随笔《我想写的女性》（1957）中写道，我想什么时候在我的作品中写四种类型的女性。一是油画家岸田刘生的作品《初期手笔浮世绘》中的那类女性，不顺从的表情、杂乱的穿着、扭转着多少有些淫荡的躯体、强烈的欲望，但却有些淡淡的忧愁。由此可以看出，井上靖在小说《敦煌》中描写的西夏女子应该属于这类女性，不顺从的表情、在常人看来多少有些淫荡的躯体、坚守自己贞操的强烈的欲望，被切掉手指时哀鸣中的忧伤。这些都符合《初期手笔浮世绘》作品中的女性特点。在这篇随笔中，井上靖还写道：而另一种类型正好与之相反，是油画家黑田清辉的名作《湖畔》中清纯秀美的女性；第三种类型是法国作家司汤达《红与黑》中的瑞那夫人，有才气、美貌、优雅；第四种类型是历史上实际存在的女性，丰臣秀吉的侧室茶茶，虽然很多作家都对其进行过描写，但我还是想在几部作品中描写各个时期的茶茶。茶茶是当时当权者最宠爱的爱妾，也是秀赖的母亲，出身近江名门浅井，一生历经波折，最后城池失守，死于烈焰之中。最后，我想写如唐招提寺中如来佛立身像那般高贵的女性。从井上靖对小说《敦煌》中回纥王族女的描写多少可以感受到其美貌和优雅中有《红与黑》瑞那夫人的影子，其被当权者宠爱的波折经历以及最后自杀身亡的波折经历，与丰臣秀吉的侧室茶茶有些类似，最重要的是井上靖由此描绘出其理想女性的高贵灵魂和静谧之美。作者通过对赵行德不顾生死，捍卫回纥王族女贞操的重笔墨描写，倾诉了自己对这类女性的向往。

贞操这一概念在井上靖西域题材历史小说中多次出现。井上靖另一部长篇小说《苍狼》中成吉思汗的爱妃忽兰更是坚守贞操的典型形象，并因为坚守贞操得到男人的爱恋。小说中，成吉思汗对曾多次身陷险境却仍坚守贞节的忽兰产生了真挚的爱情，认为她就是传说中"惨白如白昼的鹿"的化身。当成吉思汗看到"在动乱的旋涡中度过了 10 天的女人"[①]，"胸部和后背满是被毒打之后留下的青紫色的斑斑伤痕"[②]，他相信"她的的确确保住了圣洁的贞操"[③]。因此，并"再一次感到自己比谁都更爱这个女人，也许终生都会始终不渝地爱着她"[④]。在以后的多次出征中都让其陪伴左右，而包括正妻孛儿帖在内的其他女人从未得到过如此殊荣。

在小说《楼兰》中"贞操"二字从未出现，但虚构的先王王后的死因却应该与其有着深刻的关联。小说《楼兰》是作家井上靖根据斯文·赫定的《彷徨的湖》构思而成的作品。小说中作家将斯文·赫定发掘的年轻女性的木乃伊虚构为楼

---

① ［日］井上靖：《蒼き狼》，《井上靖歴史小説集》（第四卷），东京：岩波书店，1981 年，第 171 页。

② 同上。

③ 同上，第 170 页。

④ 同上，第 171 页。

兰国的先王王后。先王王后在新王即位，举国将要从楼兰迁往八百里以外的新都鄯善的当天夜里服毒自杀。对于其自杀身亡，最感悲痛的人是新王，因为新王有意将其作为自己的妻室。这不仅是新王一个人的想法，也是整个王族的愿望，当然更是所有楼兰人的愿望。她为全国人所敬爱。人们对先王王后的自杀原因议论纷纷，有人说是因为其对先王的死过于悲伤；有人说是因为要离开埋葬先王的楼兰而悲痛过度；还有人说她一定是为即将遭到遗弃的楼兰殉葬而死。作者列举出人们的各种议论，但并没有说先王王后是因为不想成为新王妻室而自杀身亡的。新王想将其作为妻室的想法从新王到整个王族，再到所有楼兰人，当然也包括先王王后都非常清楚，深受楼兰国民敬爱的王后当然不会轻易违背整个王族、所有楼兰人愿望的事情，但为什么王后宁愿服毒自杀，也不做可以满足新王、整个王族、所有楼兰人愿望的事情？如果说是因为其对先王的死过于悲伤而自杀的，那么自杀行为也许应该发生的更早，从先王被杀到新王即位历时两个月，这期间都应该有更大的可能性。另外，如果说是因为要离开埋葬先王的楼兰而悲痛过度，或者说是为即将遭到遗弃的楼兰殉葬而死的说法，也很难解释得通，因为当时楼兰人都认为舍弃楼兰城邑是暂时的，新王即位后发布的第一道命令就是召集十岁以上的所有王族和一切故老忠臣讨论决定楼兰国的去留问题，最后决定的结果是，暂时先服从汉朝意志，舍弃楼兰城邑，在南方经营新国，在汉朝保护下充实国力，伺机再将国都迁回罗布泊畔。所以，先王王后没有必要为了还有可能回来的楼兰殉葬身亡。因此可以推测先王王后是因为不想成为新王妻室而自杀身亡的。为什么先王王后不想成为新王妻室？因为其本身就是个虚构人物，究其原因，也很难得知。但从井上靖所塑造的一系列西域各民族女性形象，以及其随笔中提到的其想写的四种类型女性和理想中的女性等内容来看，也许可以说先王王后的自杀行为可以看作其对先王安归的情感的坚守，或者可以说是为了坚守贞操。

二、坚忍

小说《漆胡樽》中一被俘的汉军陈氏，元光六年跟随卫青在雁门关与匈奴作战，被俘留居胡地十年有余，思念故国的感情日趋加深。于是，以花言巧语勾引平日对他有同情之意的族长妻子，与其一同逃往汉地。逃亡第三天晚上，二人一同骑上了马，为保持伏在马背上的姿势，也为了不使女子跌落下来，陈氏将女子捆在马上，女子疲惫不堪，一言不发，任由陈氏摆布。刚开始，陈氏回头问女子"苦吗？"女子回答"不"，后来，陈氏下马，解开捆绑女子的绳子，女子像一件物品似的跌落在地，她早已筋疲力尽。"苦吗？"陈氏又问，此时，女子已无力回答，只是无力地摇头凝视着他。女子口里含着水，静静地断了气。只有在这一瞬间，陈氏才对女子产生了一丝感情，但那却不是真挚不渝的爱情。整个故事女子只说了一个"不"字，一直默默承受痛苦，默默献出生命，却没有一句表白。这正是作家井上靖笔下女性形象的一个显著特点，"女性不轻易或不直接告知对方自己的心意，而是一直等待对方了解自己内心的情感。女人对人的体贴、细心的关怀、感情的情趣都不直接表现在表情和动作上，而是深藏在内心深处"[①]。小说《漆胡樽》中的女子明知陈氏勾引自己的目的是协助逃亡，而自己为此会搭上性命，但还是决定用自己的生命送陈氏一程，在生命的尽头，才换来陈氏"一丝感情"，这感情却不是女子期待的"真挚不渝的爱情"。小说《洪水》中阿夏族女子的命运也是如此凄美。后汉献帝末期（189～220），索劢率领一千敦煌兵出玉门关，

---

① ［日］井上靖：《井上靖全集》（第24卷），第449页。

在库姆河畔建立新的武装屯田基地，为将来汉朝部队进驻做准备。这段历史《水经·河水注》中有所记载：敦煌索劢，字彦义，有才略。刺史毛奕表行贰师将军，将酒泉、敦煌兵千人，至楼兰屯田，起白屋。召鄯善、焉耆、龟兹三国兵各千，横断注滨河。河断之日，水奋势激，波陵冒堤。劢厉声曰："王尊建节，河堤不溢；王霸精诚，呼沱不流。水德神明，古今一也。"劢躬祷祀，水犹未减，乃列阵被杖，鼓噪欢叫，且刺且射，大战三日，水乃回减。灌浸沃衍，胡人称神。大田三年，积粟百万，威服外国。[①]井上靖的小说《洪水》是根据这段历史进行创作的，小说中前半部分内容是作者依据史实而写，而被索劢最后抛弃的阿夏族女子部分是由作者虚构而成的。索劢军队驻守楼兰第三年，屯田积粟百万，索劢决定举行历时三天的盛大的庆祝仪式，女子问索劢举行如此盛大的仪式，是否因为部队不久即将离开邑城？索劢否认，女子一直注视着他的眼睛，静静地摇着头。是否带女子一同离开？女子的头发、眼睛以及肤色、语言，这一切都让索劢顾虑。最后，当洪水挡住归途中的索劢时，索劢主动提出祭

---

① 杨守敬、熊会贞：《水经注疏》（上卷），南京：江苏古籍出版社，1989年，第97～98页。

献女子。祭献女子后，河水减退，索劢顺利渡河后，又对牺牲的女子产生了感谢和怜悯之情，同时，也感到过去从未有过的如释重负般的轻松感。[①] 紧接着，洪水如发怒的蛟龙，毫不留情地将索劢军队以及其三年间的一切吞噬。在井上靖西域题材历史小说中，多数男性都很珍视女性的情感，或者能够明白并回应女子对自己的感情，即便是《敦煌》中鲁莽的朱王礼也有着一怒为红颜的激情，尽管他明白回纥王族女对自己并无感情，但因为自己深爱着这女子，所以，不惜性命与全军统帅李元昊决战。《异域人》中班超的部下赵私自娶于阗女子，后来被班超强行送走，女子途中中毒箭身亡，这位常年与班超患难与共的部下赵逃奔龟兹军，并率军与班超部队作战。只有《洪水》中男主人公索劢抛弃女子，最后惨遭被洪水吞噬的厄运。这一虚构性描写，是井上靖西域题材历史小说中唯一的一次让辜负女子感情的男性遭遇厄运。也许这只是井上靖小说创作的一种尝试，但也许井上靖想借此捍卫其心目中理想女性的情感。

① ［日］井上靖：《井上靖全集》（第六卷），第102页。

三、唯美

从井上靖所塑造的西域各民族女性形象中，我们可以看出西域题材历史小说创作的一个特点就是文中人物之间的对话描写并不多，但画面感很强。作品《楼兰》中年轻的王后以自杀出场、《漆胡樽》中匈奴女子一直只说一个"不"字、《异域人》中于阗女子只有被迫离开时的哭声、《敦煌》中西夏女子被卖时只说"愿意"，回纥王族女再遇赵行德时只是"啊"了一声，而这一声却包含了很多复杂的情感，有惊讶、困惑、喜悦和悲伤。随后，回纥王族女坠城自杀，从远处看回纥王族女的身影只是个黑点，黑点沿着城墙拖着长尾飞落而下，这一场景在赵行德心中定格，并明白回纥王族女这一举动是为了向自己表明她内心的纯洁。此后，赵行德每次想起回纥王族女，"他的眼睛里还可以清晰地勾画出她从甘州城墙坠下时的那个黑点以及黑点画出的细细的曲线"。这些清晰的场景是作者诗意的心理形象的外化，而贯穿这些心理形象的正是作者所独具的文学绘画气质。井上靖这独具特色的文学绘画气质的形成得益于其十余年美术记者的经历。如前所述，1936年井上靖创作的小说《流转》获得首届千叶龟雄奖后，井上靖得以直接进入《每日新闻》大阪总部工作。最初，井上靖担任宗教记者，负责佛教经典解说。一年后，转而负责执笔美术评论，发表了大量的诗评和画论。这一时期，井上靖还到京都大学研究所研究美学，他的美学知识大半是在这一时期积累起来的。井上靖原本感觉敏锐，对绘画艺术具有很强的感受性和鉴赏能力，加之十余年美术记者的经历，进一步磨炼了其后作品中独具特色的绘画气质。因此，他的文学作品常见诗歌或绘画中精练的语言以及唯美的意境。

在《楼兰》《敦煌》发表之际，日本有些学者称其为"文学冒险"，礼貌地加以肯定，但同时认为作品以自然为主人公，没有细致入微地描写登场人物，让人感觉主题不够鲜明。笔者认为这也正是井上靖文学创作的一个特点，小说中的人物只是象征性地存在，读者可以根据自己的理解不断丰富人物形象及其内心世界，这种创作手法给读者留下很大想象空间。如前文所述，小说《楼兰》中先王王后的出场就是服毒自杀的结局，读者根据小说前后的内容，结合作家的其他作品以及其创作倾向，剥茧抽丝般地分析出先王王后的死因，更加深了读者对井上靖塑造女性形象的理解。而如果作者直接交代先王王后是为了坚守贞洁服毒自杀的，或者再对其内心世界或自杀前后进行细致入微地描写，那么小说这部分内容也就索然无味了。

　　井上靖笔下西域各民族的女性大多具有高贵的灵魂，并坚守着对男性的贞操，话语不多，多用行动向男子表明情感，因此，给人以静谧之美，从其作品所塑造的西域各民族女性形象可以看出，这部分内容是井上靖进行历史小说创作时充分发挥想象的部分之一。另外，由此也可以看出作家井上靖对西域的热爱之情，因为，其作品所描绘的西域各民族女性形象无一不与其理想的女性形象有着或多或少的关联，也就是说在西域小说中，井上靖让自己理想的女性化身为西域各民族的女性，让其生活在自己一直向往的土地上，实现自己年轻时候的梦想。

井上靖的"西域情结"在中国的余响

　　叶燮的《原诗·内篇》有云："大凡人无才则心思不出，无胆则笔墨畏缩，无识则不能取舍，无力则不能自成一家。"[1]鉴于此，他将文学创作与研究者所应具备的素质界定为："大约才、识、胆、力，四者交相为济，苟一有所歉，则不可登

---

[1] 叶燮：《原诗·内篇》，《清诗话》（下册），王夫子等撰，上海：上海古籍出版社，1963年，第571页。

作者之坛。四者无缓急，而要在先之以识，使无识，则三者俱无所托。"上述"才""胆""识""力"四种因素"交相为济"协力合成的说法对于综括井上靖的文学创作情况是颇为恰切的。在井上靖长达半个多世纪的文学生涯中，纵观他的创作经历，的确体现了卓识与才情、广博与精深、恪守与原创等诸多方面的谐和调适所生成的通达境界。

如前所述，井上靖是日本近现代以来最有影响的中国题材历史小说作家。他的作品或是以艺术的形式再现了中日两国之间历史悠久的文化交流，歌颂了中日两国人民悠久的友好历史；或通过对中国古代文化的描绘，勾勒出一个有着悠久历史、灿烂文化而爱好和平的文明古国中国的形象。这些作品，可以使战后的日本人更好地了解中国，了解日本文化与中国传统文化之间的关系，对中日两国人民之间的友好往来，起到了不可忽视的促进作用。日本著名学者德田进认为《孔子》"这部作品使那些读过或未读过《论语》的人，都能把孔子作为中国的代表人物来理解，所以井上靖塑造的孔子，使读者心理得到了充分的满足"。[①] 井上靖在这些作品

---

① ［日］德田进：《井上靖的小说〈孔子〉与〈论语〉的关系》，《中日比较文学论集》，长春：时代文艺出版社，1992 年，第 242 页。

中，表现出对中国古代文化的礼赞之情，倾注了对中国人民的友好感情，以及对中日两国人民世世代代友好下去的真挚愿望。通过这些作品的创作，"在中日文化之间，架起了一座美丽的虹桥"。①在日本历史上，一共出现过三次"丝绸之路"热潮，第一次是在中国的唐代；第二次是日本的明治维新时期（1868 ~ 1912）；而第三次就是井上靖小说《敦煌》的出版和纪录片《丝绸之路》的拍摄。由此可见井上靖在传播中国文化方面所做的贡献。但在当下的中国，通过对井上靖文学的翻译、研究，也暴露出一些中国文人缺乏文化一体化眼光、心理褊狭的缺憾。例如，王英琦的《大唐的太阳，你是失落了吗？》即是一篇在爱国主义旗帜下淋漓尽致地表现国家主义或曰狭隘民族主义观念的文章。作者有感于《井上靖西域小说选》，有感于井上靖、平山郁夫和喜多郎等日本人对西域文化的钟情和研究，竟发出急切、愤慨甚至妒忌的呼唤。说井上靖在写，平山在画，喜多郎在作曲，西域全让日本人给包了，中国人死绝了！而后又激情地写道："啊！我国的作家、画家、艺术家和考古学家们，你们都在哪里

---

① 冰心：《井上靖西域小说选序言》，《井上靖西域小说选》，耿金声、王庆江译，乌鲁木齐：新疆人民出版社，1984年，第2页。

啊？……莫非你们真甘心坐等外国人来研究我们的历史，我们的艺术？"篇末写到井上靖从西域满载而归时，作者道出自己的心境："他老人家惬意了，我却窝下了心病。"论文作者的立场基点显然是一种狭隘的民族主义立场，显示了缺乏世界视域、缺乏人类文化一体性的视角，表现出文化心胸的狭窄与态度的偏激。实际上，作为经济文化全球化时代的现代人，尤其对于身为文化学者的人士而言，除却根意识和国族本位立场之外，更该持有的立场和态度理应是全球化视野和"人类"意识。世界任何一种文化（包括西域文化）都是人类文化的一部分，可供任何国别的人来研究。爱国主义固然不可忽略，若缺失了爱国精神和根意识，包括作家在内的任何人都不过是无线之风筝。国家不能覆盖，也不能代替"人类"和"文化"，尤其对作家和文化人士更是如此。作家和文化人士应在爱国的同时有着文化多元化的眼光和更高远的终极关怀。

1980 年 6 月 10 日，井上靖被推举为日本中国文化交流协会会长并长期担任这一职务。对中国历史文化的强烈认同和对中国人民的深厚友好情感是促使其长期担任这一民间文化交流组织的领导职务、倾尽毕生精力促进两国文化交流的全部原因。除频繁的社会活动之外，井上靖在中日两国友好交往、文化友好交流方面做出的最大贡献莫过于他穷尽毕生，呕心沥血创作的那一篇篇、一部部以中国作为题材或者素材来源，联动着中日两国读者共同情感心绪的历史小说。当下的经济、文化全球化时代，任何国家和民族的文化都不可能再保持单一的、线性的走向，也不可能是由内封闭的文化结构模式构成。现今的文化和文学势必是由多种文化元素整合起来的，多元性和开放性是普世文化互动所形成的一种关系到人类生存和人类社会发展的共同的价值取向和价值追求。与以往的文化景观不同的是，在全球化背景下，民族的、地域的、本土的文化将扬弃自身封闭的、保守的、僵化的、固执的状态，在向世界文化的开放与交流中，一方面促使世界文化的健康发展，形成人类社会发展的共同氛围和文化机理；另一方面使自身得到修正、丰富与完善。正像有的学者所指出的那样，"未来世界人类文明发展的总趋势是'和平、发展与进步'，全球化既已成为不可逆转的历史潮流，那么正确的策略是对其因势利导，使全球化朝着符合最大多数人的最大利益的方向发展"。① 井上靖的文学活动尤其是

① 麦永雄：《全球化语境中的文明误读与文化交流》《全球化与后殖民批评》，王宁、薛晓源主编，北京：中央编译出版社，1998年，第297页。

他的一系列中国题材的历史小说创作无不形象地确证了上述说法。

第三章

诗与小说: 酵母与释义

第一节

散文诗——文学的出发点

在日本近现代文学家中，同时进行小说和近代诗或现代诗创作的作家不乏其人。明治文坛重镇森鸥外（1862～1922），除小说创作之外，在诗、短歌①、俳句②等领域都有所建树。

---

① 日本和歌的主要歌体。它的句式是五、七、五、七、七，共五节31个音节，属于抒情短诗。
② 由五、七、五三节共17个音节组成的短诗。

这类作家除森鸥外之外，大约还有二十几位，如岛崎藤村（1872～1943）、室生犀星、芥川龙之介（1892～1927）、伊藤整（1905～1969）、野间宏（1915～1991）、加藤周一（1919～2008）等。

在群星闪耀的近现代日本文坛，井上靖是独具特色的。首先，井上靖一直有意识地用散文诗这种文学形式进行创作。在诸种文学体裁中，散文诗形式极为自由；而偏于主观与内向，又是散文诗的一大特征。这种文学体裁，对于井上靖来说，无疑是一种再合适不过的文学形式。其次，井上靖的小说与诗并行创作持续时间长，几乎贯穿其整个作家生涯。文学放浪时期的散文诗创作与有奖征文投稿几乎同时开始，创作处女作《猎枪》《斗牛》的时期也正是其诗作兴盛期。1946年5月到1948年11月，在创作《猎枪》与《斗牛》的同时发表散文诗27篇。诗的因子和小说的故事性并行，构成井上靖文学的重要因素，也是解开井上靖文学全貌的一把重要的钥匙。

井上靖创作的散文诗内容相当丰富，叙述人生、激励青年、怀念老友、追忆往事、引申古典、歌颂自然、感慨世事，另外还有最引人遐想的访问遗迹、考古纪游。题材多样，不一而足。其中有真实的描绘，也有虚构的幻想；有真挚的赤诚，也有无奈的戏谑。井上靖除了注重诗的内容、旨意、遣词之外，对诗的形态——诗体要求更是严格。他在《全诗集》的后记中说：

> 这次全诗集中，除去收录了以前五本诗集的作品之外，更把近作《西域诗篇》和《拾遗诗篇》也新加了进来，这是我直到今日（1979年10月）的全部诗作。此外，还有60余篇创作初期的作品，但那是我创作方法尚未定型时的作品，现在重读之时，觉得那些诗似乎是我的作品，又似乎不是我的作品，虽然那些确是我自己所写，但严密地说起来，那些都是我作为诗人出发之前的作品，这一时期的作品，我在以前的五本诗集中未曾收录，现在，在这本全诗集中也不予收录。①

这些被摈弃在外的60余首初级诗作，之所以被摈弃是由于这些作品都是井上靖的"诗的创作方法尚未定型时的作品"。换句话说，也就是这些作品均尚未具备井上靖的诗的风格特征。仅就形态而言，井上靖诗的风格特征是采用了一种散文诗的形式。而且，在书写或印刷时，每行字数相等，

---

① ［日］井上靖：《井上靖与其〈诗之世界〉》，乔迁译，台北：九歌出版社，2001年，第6页。

中间很少分段分节，并且排列整齐。

井上靖认为散文诗是一种最纯粹地表达人类经验的文类。在散文诗中，井上靖常以冷彻的目光，透过表层深入挖掘现代人心灵深处的忧愁与悲苦，以及无法摆脱的孤独——潜藏在人生暗淡底层的"白色河床"。从整体上看，井上靖的诗没有激越的感情表白，也没有强烈的主观呐喊，只是以冷静的达观的形式，在沉静、客观以及抑制感动的形态之中，低吟难以名状的人生真实。他的诗，结构缜密，古朴典雅，且极富绘画之美。井上靖的文学活动就是从散文诗的创作开始，并终生致力于用散文诗为小说遣词造境。

1958 年，井上靖第一部诗集《北国》由东京创文社出版，在日本文学界引起轰动。宫崎健三评论说："从这本诗集中可以看出井上靖的创作实力，他不是个流行作家，而是位诗人，是位卓越的诗人。"① 西协顺三郎也称赞井上靖为"卓越的诗人"②，并认为："如果就形体来说，井上靖的诗如

① ［日］井上靖：《〈星阑干〉与井上靖的"诗业"》，《星阑干序》，乔迁译，台北：九歌出版社，1999 年，第 21 页。
② ［日］井上靖：《井上靖与其〈诗之世界〉》，乔迁译，台北：九歌出版社，2001 年，第 9 页。

韩波的那般优美，又如同波德莱尔的诗那般抒情。"① 大冈信也给予井上靖很高的评价，他说："可以说，井上靖绝不是将诗作为激昂感情的表白来把握，相反他在更广泛地捕捉诗方面取得了成功。……井上靖开发了这样一种诗法，即将诗隐藏在乍见是客观的、抑制感动的形态之中，使之不受伤害。从根本上说，俨然存在一种关于诗形的讽刺的认识。稍夸张地说，这是对日本现代诗史的一种挑战。"②

继《北国》之后，1962 年 12 月，新潮社刊行了他的第二部诗集《地中海》。其后，诗集《运河》（筑摩书房，1967 年 6 月）、《季节》（讲谈社，1971 年 11 月）、《远征路》（集英社，1976 年 10 月）、《井上靖全诗集》（新潮社，1979 年 12 月），以及《乾河道》（集英社，1984 年 3 月）相继问世。1988 年 6 月，新潮社出版了他的第七部诗集《旁观者》，第八部诗集《星阑干》则在 1990 年 10 月由集英社出版。不管是有意识的还是无意识的，这些诗集中的诗作是

---

① ［日］井上靖：《井上靖与其〈诗之世界〉》，乔迁译，台北：九歌出版社，2001 年，第 10 页。
② ［日］大冈信：《诗人井上靖——主题与方法》，《自选井上靖诗集解说》，东京：新潮社，2001 年，第 190 页。

井上靖各个文学创作时期的归结，也是他从事小说创作活动的原点。因此，研究井上靖的文学轨迹，不能忽视作为其文学有机组成部分的诗作群。

河盛好藏说："井上靖的诗是他小说的酵母，井上靖的小说是他诗的释义。"这句话恰如其分地阐明了井上靖的诗与小说的关系。井上靖的散文诗与他的小说，在质与文体方面是有密切关系的。这一点，可从他的第一部诗集《北国》中看到明确的迹象。

井上靖在第一部诗集《北国》的前言中说道："我这次认真地把笔记重读了一遍，发现自己的作品与其说是诗，还不如说是被关在一个小箱子里逃不出诗的范围。"[①] 当然这是对自己作品的一种极度谦虚的评价，但从中却道出了井上靖从散文诗走向小说的秘密。事实上，井上靖创作了很多与散文诗同名的小说作品。例如，散文诗《猎枪》发表于1948年，同名小说发表于1949年；散文诗《比良的石楠花》发表于1946年，同名小说发表于1950年；散文诗《漆胡樽》发表于1947年，同名小说发表于1950年；散文诗《流星》发

---

① ［日］井上靖：《私の詩作ノート》，《井上靖全集》（第二十四卷），东京：新潮社，1999年，第3页。

表于 1947 年，同名小说发表于 1950 年等。每一部同名散文诗和小说在内容的结合上各有特色。还有很多散文诗和小说虽不同名，但在内容上却有着深层的关联。

井上靖虽然是以小说创作立足于日本文坛。但在文学萌芽时期却是以诗为文学起点，进而构筑起独有的审美基础。他的小说常常出自诗的构思，通过不断积累的诗象来拓展故事情节，从而在小说作品中留下诗的痕迹。借创作小说而达到诗歌的抒情境界，也正是井上靖文学创作所独具的特色之一。1941 年，沈从文在一次关于短篇小说的讲演中说：

一切艺术都容许作者注入一种诗的抒情，短篇小说也不例外。由于对诗的认识，将使一个小说作者对于文字性能具有特殊的敏感，因而产生选择语言文字的耐心。对于人性的智愚贤否、义利取舍形式之不同，也必同样具有特殊敏感，因之能从一般平凡哀乐得失景象上，触着所谓人生，尤其是诗人那点人生感慨，如果成为一个作者写作的动力时，作品的深刻性就必然因之增加。

同样，井上靖在小说创作中不断注入诗的情愫，而小说所蕴含的诗的底蕴正是井上靖文学的重要因素。

第二节
诗与小说并行创作

　　如前所述，井上靖创作过很多散文诗和小说同名的作品；有些散文诗和小说虽不同名，但在内容上却有着深层的关联；有些是相同的中国文化素材出现在不同的散文诗和小说之中。本节通过井上靖创作的两篇描写胡旋舞的散文诗，与其创作的历史小说《杨贵妃传》中出现的胡旋舞的内容进行分析，通过文本阐释井上靖散文诗与小说并行创作的特点。

　　井上靖一生创作了462篇散文诗，散文诗中的素材又多次出现在其小说创作中。风靡中国唐代都城长安的胡旋舞也成为其文学创作的素材，井上靖以此为主题创作了两首散文诗，并在其中国题材历史小说《杨贵妃传》中将胡旋舞与安禄山紧密相关，由此重构安禄山的人性本质和其反叛的脉络。以下是井上靖创作的第六部诗集《乾河道》[①]中关于中国胡旋舞的散文诗。

胡旋舞（一）[②]

风靡唐代都城长安的胡人舞蹈胡旋舞，究竟是怎样的舞蹈，如今已无人知晓。唯有从敦煌千佛洞的壁画，能够窥视到这奇妙的旋转姿态。站在壁画前，感觉背负大琴的舞女的身影渐渐消失，不知从何处传来声声军鼓，舞女已站在军鼓声响的最前端，如龙卷风般飞舞而来。胡族可怜舞女的命运就是如此旋转。

胡旋舞（二）

中国古书对胡族舞蹈胡旋舞极尽赞美之辞。"心应弦，

---

① ［日］井上靖：《乾河道》，东京：集英社，1984 年。

② 《胡旋舞》（一）、（二）均为本文作者自译。

手应鼓""左旋，右转，不知疲""回雪飘飘，舞如转蓬""疾如旋风，耀如火轮"，这些言辞尚可接受，但"逐飞星，掣流电""回转乱舞，当空散"，这些已经超过赞美的极限。越过天山而来的胡族舞女，其变幻无常的命运的旋转，如尖锥刺入长安人的心底。站在敦煌千佛洞胡旋舞壁画前，深刻体会这一点。只有尖锐的足尖，才能支撑深藏于体内无限悲哀的旋转。

　　井上靖散文诗中提到的敦煌千佛洞壁画应该是指敦煌莫高窟 220 窟"东方药师净土变"，壁画上伎乐天展臂旋转、佩带飘绕，表现了类似胡旋舞疾转如风的特点，舞姿与唐诗中描绘的胡旋舞形象吻合，很多学者认为其可能就是唐代风行的胡旋舞。

　　胡旋舞最初是由西域康居等地传来的富有民族特色的舞蹈，其特点是动作轻盈、急速旋转、节奏鲜明、奔腾欢快，多旋转蹬踏，故名胡旋，是唐代最流行的舞蹈之一。在胡旋舞最为盛行的唐代，白居易和元稹的诗作《胡旋女》甚为有名。白居易的《胡旋女》为：胡旋女，胡旋女。心应弦，手应鼓。弦鼓一声双袖举，回雪飘飘转蓬舞。左旋右转不知疲，千匝万周无已时……元稹的《胡旋女》为：天宝欲末胡欲乱，胡人献女能胡旋。旋得明王不觉迷，妖胡奄到长生殿。胡旋之义世莫知，胡旋之容我能传。蓬断霜根羊角疾，竿戴朱盘火轮炫。骊珠进珥逐飞星，虹晕轻巾掣流电。潜鲸暗吸笡波海，回风乱舞当空霰……

　　从以上这两首诗可以看出，井上靖《胡旋舞》（二）所说的"中国古书对胡族舞蹈胡旋舞极尽赞美之辞"，是指白居易和元稹《胡旋女》中的诗句，并认为白居易的赞美之辞比较恰当，元稹的诗句过于夸张。在其中国题材历史小说《杨贵妃传》中再次提到白居易的《胡旋女》，小说中安禄山第一次入朝时，玄宗设宴，宴会进行一半，特意为安禄山安排了民族舞蹈，或是几十名胡族嫔妃合跳，或是两三人合跳，"胡旋女表演胡旋舞，这是北方胡族舞蹈，如男性般刚烈的舞蹈。'胡旋女，胡旋女。心应弦，手应鼓。弦鼓一声双袖举，回雪飘飘转蓬舞。左旋右转不知疲……'白居易曾这样描写胡旋舞"。[①]另外，作家在小说中将胡旋舞与安禄山紧密相关。

　　安禄山初次谒见玄宗，玄宗特意安排胡旋女表演胡旋舞，"表演结束，安禄山突然出现在舞台中央，谁都没有注意到

---

① ［日］井上靖：《楊貴妃伝》，东京：講談社，1968年，第73～74页。

他何时离开座席，此时，安禄山开始跳舞，跳的正是胡旋舞。连走路都甚是艰难的安禄山肥胖的身躯，随着音乐开始起舞，而且舞得十分轻快。突然，舞蹈节奏加快，安禄山的身体开始旋转，瞬间变成一根棍棒，众人仿佛看见陀螺在旋转，安禄山的脸、头、身体变得模糊不清，只能称为陀螺。动作渐缓，渐渐可以看清安禄山的脸、手、脚。瞬间，安禄山的身体开始向相反的方向旋转，随即又成为一个陀螺，陀螺一边旋转，一边移动，众人齐声喝彩，只有玄宗、李林甫和高力士三人没有反应，分别以不同的表情凝视着这奇妙的陀螺旋转"。这样，安禄山在初次谒见玄宗的宴席上，主动跳起胡旋舞，一举成功征服玄宗以及诸位臣子。有关这一段内容的描述，在唐代姚汝能撰写的唐代别史杂记《安禄山事迹》中仅十二个字："玄宗每令作《胡旋舞》，其疾如风。"井上靖在为小说《杨贵妃传》中文版写的前言中说明："这部作品主要取材于《旧唐书》《新唐书》《资治通鉴》等，部分内容取材于白居易、杜甫等的诗篇。此外，笔者也适当参考了《长恨歌传》《杨太真外传》《梅妃传》《开元天宝遗事》

《安禄山事迹》等，但写作的指导思想是尊重史实。"①因此，可以说，井上靖在创作《杨贵妃传》这部小说时，了解《安禄山事迹》中"玄宗每令作《胡旋舞》，其疾如风"的史实，但在小说创作中，却只让安禄山跳了一次胡旋舞，其后，通过安禄山拒绝玄宗请其再跳胡旋舞的请求，表明安禄山巧言令色的本质和其势必走向反叛的过程。这一与史实不同之处正体现了井上靖历史小说的创作方法。井上靖的历史小说既不像森鸥外那样照搬历史，也不像芥川那样偏离史实，而是介乎两者之间，以史实为主的历史小说。也就是说，井上靖继承了森鸥外以考据、实证等正史资料为依据的纯历史小说的基本品格，使小说表现出纯历史小说的严肃性和历史可信性；但同时又不为正史资料所拘囿，在一些非主要事件和人物的描绘上敢于发挥自己的想象力和重构力，从而实现了小说文本建构的审美追求：诗与史的融合。第一部真正意义上的长篇历史小说《天平之甍》，就为读者演绎了具有可读性的鉴真东渡的历史故事。在那之后，他所创作的历史小说《楼兰》《敦煌》《苍狼》等，无一不是尊重历史与发挥想象的

---

① ［日］井上靖：《杨贵妃传》，周祺等译，郑州：中州古籍出版社，1985年8月第1版，第1页。

产物。《杨贵妃传》也充分体现了作家井上靖的历史小说创作理念。根据史料，尊重史实，发挥作家自己的想象力和重构力，不惜笔墨描绘安禄山肥胖的身躯如何跳起胡旋舞以及玄宗和众位大臣的反应，并进一步发挥作家的想象力，让安禄山拒绝再次为玄宗跳胡旋舞的请求，以此来重构安禄山的人性本质和其反叛的脉络。

"在初次谒见玄宗的宴席上，安禄山跳起胡旋舞，不仅玄宗，所有在场的文武百官都为之惊讶不已。但从那之后，安禄山再没有主动跳过。玄宗曾要其再跳一次，但安禄山表现出十分夸张的痛苦表情和动作，说道：'陛下可知杂胡的体重？'玄宗略作思考：'二百五十斤'，'不！不！'安禄山继续夸张的痛苦表情和动作。'光肚子就有三百五十斤。让三百五十斤重的东西那样旋转，甚是不易！那日，杂胡得以谒见陛下，杂胡高兴得忘乎所以，不觉间离席，跳起舞来，陛下看到的不是杂胡跳的胡旋舞，而是杂胡内心无法掩饰的喜悦，是杂胡的心意。如果不是那般的喜悦，怎能跳出那般的舞蹈？现在想来还心有余悸，险些断气，到现在还没能平复，看！还怦怦地跳！'安禄山双手抱着自己肥硕的胸脯，上前给玄宗皇帝看······"①其后，安禄山再次进京，再次以其跳过胡旋舞的肚子表白自己的忠心。当玄宗为安禄山加官进爵，除了原来的平卢节度使外，又让其兼任范阳节度使，紧接着又宣布让其再兼任河北采访使，安禄山表白自己"肚子里只有对陛下的忠心，再无其他"②。然而，并非没有人注意到安禄山跳胡旋舞时舞动的肚子，在安禄山此次被加官进爵之后，高力士和李林甫感觉到此人的危险，二人议论，"若是他无止境地肥下去，到头来，他总会身不由己的"③。"让他再肥下去，就太危险了。跳胡旋舞时，他那肥胖的身躯竟能旋转如飞，这本事可非同小可，无人可比。"④安禄山反叛后，玄宗宣称要亲手砍下杂胡的脑袋，杨贵妃听后颇有感触："想起看过安禄山跳的胡旋舞。安禄山连行走都困难的巨大身躯，当时像一只陀螺，以令人难以置信的速度旋转，必须用一把利剑刺中这只旋转的巨大陀螺，这一剑应该由玄宗来刺。这

---

① ［日］井上靖：《楊貴妃伝》，东京：講談社，1968 年，第 75 页，以下内容均为笔者自译。

② 同上，第 80 页，以下内容均为笔者自译。

③ 同上，第 84 页，以下内容均为笔者自译。

④ 同上。

样，安禄山旋转的速度才会变慢，最终摔倒于地。摔倒在地的安禄山的肥墩墩的胸脯上将插着一把利剑，鲜血如泉水般从其身后不断涌出。"[①] 在这里，作家认为安禄山陀螺舞般飞速转变的始作俑者是玄宗皇帝，因此，玄宗皇帝应该亲自制止其旋转。小说中，安禄山以胡旋舞赢得玄宗皇帝的信任，得以加官进爵，其势力范围如陀螺旋转般迅速变化，其野心也在不断膨胀，最终出现反叛的结果。因此，应该让玄宗皇帝在安禄山一再表忠心的肥墩墩的胸脯上刺上一剑，让其停止旋转，用安禄山不断涌出的鲜血让玄宗皇帝正视现实，不再对其抱有幻想。

井上靖中国题材历史小说《杨贵妃传》的创作始于 1963 年，同年，井上靖与安藤更生等人一同以纪念鉴真和尚圆寂一千二百年日本文化界代表团成员身份访华，并有幸访问了这部作品的主要舞台——西安，但没能前往敦煌。十余年后井上靖前往敦煌，站在敦煌千佛洞胡旋舞壁画前目睹了胡旋舞的舞姿，创作出两首散文诗，作品对胡旋女充满了同情之意，认为胡旋女的命运就是"疾如旋风，耀如火轮"地旋转，

---

① ［日］井上靖：《楊貴妃伝》，东京：講談社，1968 年，第 229 页，以下内容均为笔者自译。

尽管由此带来的"变幻无常的命运的旋转，如尖锥刺入长安人的心底"。但"只有尖锐的足尖，才能支撑深藏于体内无限悲哀的旋转"。

第四章

诗与史的融合:《苍狼》还原抑或
解构"历史"

第一节

草原作品的创作肇因

这位高贵的君主叫成吉思汗，

在他的那个时代威名远扬，

任何地方，任何区域，

都不曾出现过这样一位杰出的万物之主。

他得到了一位君主所应该得到的一切。

他出生于哪个教派，

就发誓要维护哪个教派的戒律。

他也是一个勇敢、贤明和富有的人，

总是同情别人，匡扶正义，热爱一切，

他的话给人安慰，充满仁慈，令人尊敬，

他的精神成为中流砥柱；

他年轻有为、朝气蓬勃、身强力壮，渴望战斗，

就像他帐中的所有侍从一样。

他为人公正，屡交好运，

一直保持着极其高贵的地位，

世上没有第二个人能如此。

这位高贵的君主，就是鞑靼的成吉思汗。

　　　　　　——乔叟《坎特伯雷故事集》（1395 年）

　　14 世纪，"英国诗歌之父"杰弗里·乔叟（1340 ~ 1400）在他的第一本著作《坎特伯雷故事集》中，把最长的浪漫传奇故事献给了世界征服者——成吉思汗。在文章中，乔叟用一种毫不掩饰的崇敬之情，描绘了成吉思汗的一生和蒙古民族所取得的成就。

一、成吉思汗与源义经

13世纪的成吉思汗（1162～1227）时代，蒙古草原的交通工具只有马匹、骆驼，然而就是这驰骋于草原的骑兵军团，几乎征服了东半球的全部地区。巴罗尔·拉木写道："这个帝国好像魔术般地突然产生出来，使很多历史学家困惑不解。"日本的历史学家和文学家也同样对蒙古、对成吉思汗抱有浓厚的兴趣。在日本，泛蒙古主义具有很大的吸引力。一些日本学者还传播着这样一个故事，成吉思汗实际上是日本平安朝末期的武士源义经（1159～1189）。源义经在一次权力斗争后逃离日本，来到蒙古草原游牧部落避难，然后他率领蒙古部落征服了世界。这种说法始于日本明治年间（1868～1912），末松谦澄（1855～1920）的"成吉思汗和源义经是同一人"之说，体现了整个日本民族英雄崇拜的心理和希望英雄不死的愿望。据日本历史记载，镰仓幕府创建者、征夷大将军源赖朝（1147～1199）的同父异母兄弟源义经屡立战功。因遭到源赖朝的妒忌，投奔本州北部的藤原氏，被源赖朝派兵征讨而战死。源义经成为后世日本戏曲小说中歌颂的英雄。

源义经死后几百年的江户时代（1603～1868），出现了一种关于源义经的传说，说他并未战死，而是进入了北海道的哀奴人居住地。游戏文人假托中国正史，杜撰了一部所谓《金史别本》的伪书，进一步编造说：源义经由哀奴之地到了库页岛及中国东北，他的子孙成为金国的将军。这种说法令当时的大学者新井白石（1657～1725）疑惑不解。1924年前后，毕业于美国大学并在北海道从事哀奴文化教育十余年的小谷部全一郎（1868～1941）出版了一部名为《成吉思汗乃源义经是也》的著作，论证二者是同一个人，并附有天台道士的序文，盖有"天览、台览赐"的玺印。该书出版后，立即引起了日本史学界的强烈反响，许多史学家纷纷著文驳斥，《中央史坛》杂志连续出版了两期论证"成吉思汗不是源义经"的专刊。可见，该书在日本产生的影响是深远且广泛的。

生于1920年的日本推理小说家高木彬光（1920～1995）也曾写过一部别开生面的推理小说——《成吉思汗的秘密》。小说以著名侦探、东大医学部法医学副教授神津恭介为主人公（也是高木所著多部小说中的主人公），在一位侦探小说家和一位历史助教的协助下，对源义经之死的种种史实加以推理分析，力图找出证据，论证他并没有死，而是通过哀奴人居住地进入蒙古，成为蒙古史上的成吉思汗。作者从成吉思汗周围，寻找一切可能与源义经相联系的蛛丝马迹。例如，传说源义经是经由虾夷渡海来到蒙古，于是，作者将成吉思汗之父名"也速该"解释为日语的"虾夷海"（えぞかい）。还把成吉思汗使用的九游白旗的白色和九的数字和源义经的典故联系起来。最后，作者把成吉思汗四个汉字按日本读法分解为"吉成、思水干"。"吉"字代表吉野，是源义经与爱妾静御前诀别并发誓再度相见之地。"吉成"解释为"吉野的誓言终将成功"。"水干"为当时艺伎所着服装，代指人物，"思水干"是"思念静御前"之意。……如此穿凿附会，歪曲解释之后，作者甚至把"成吉思汗"四个汉字用万叶假名，读成"なすよしもがな"，意为"重温旧梦"，并以此结尾。

尽管"成吉思汗和源义经是同一个人"的说法当时就遭到日本史学家的驳斥，然而，有些日本人仍认为是历史史实，至今对此深信不疑。

在这样的社会大背景之下，井上靖是怎样与"成吉思汗"结下不解之缘，成吉思汗这一历史人物又是如何展现在日本作家笔端的呢？井上靖在《〈苍狼〉的周围》一文中这样写道，中学时代并不知晓流行于大正十三年的《成吉思汗乃源义经是也》及其相关争论，到了高中时代，这本书仍旧十分畅销，拥有部分青年读者。井上靖的朋友中也有支持成吉思汗是源义经这种说法的。大学时代读过这本书，但并没有留下特殊的印象，只是更深一层地了解到中学课本之外的有关蒙古英雄成吉思汗的故事。

二、《成吉思汗实录》

第二次世界大战末期，井上靖在大阪书店购买到日本蒙古学创始人那珂通世（1851～1908）博士的《成吉思汗实录》。《成吉思汗实录》是《蒙古秘史》的日译注释本。《蒙古秘史》被称为蒙古民族的"史记"，详尽记载了成吉思汗幼年及青壮年时期的事迹。后代的史学家、传记作家在论及成吉思汗及蒙古民族问题时，无不以此书为佐证。元朝灭亡以后，人们在蒙古宫廷的金匮石室中发现了珍藏的《蒙古秘史》，它是蒙古族的第一部史书，也是我国北方游牧民族的第一部史书。全书共12卷，用畏兀儿（今译维吾尔）体蒙古文写成，书中记载了成吉思汗先人谱系、成吉思汗生平业绩和窝阔台统治时期的历史。因"事关机密"，书成之后，被长期保存于密室之中，连蒙古部落的黄金家族甚至史官都难以寓目。直到明初，四夷馆才用汉语及拼音翻译注释了《蒙古秘史》，并改名为《元朝秘史》。后来《蒙古秘史》原文佚失，全书

靠汉文资料才得以保存下来。1901 年，日本蒙古学创始人那
珂通世博士开始《蒙古秘史》的研究工作，当时日本与国际
汉学界研究蒙古史的基本史料《蒙古秘史》，一般只见到 15
卷本，错讹较多，无从校勘。戊戌变法维新派的文廷式藏有
国子监祭酒盛昱收藏的蒙文《蒙古秘史》12 卷本抄本，阙误
较少，可与 15 卷本互为勘正。那珂通世以该卷本为底本进行
研究，1907 年完成翻译，1908 年正式出版《蒙古秘史》的日
译注释本《成吉思汗实录》。这部著作是明治时代日本东洋
史研究的一部代表作，在国际汉学界评价很高。

　　然而，战后由于种种原因，井上靖将这本书和其他书籍
一起卖到了旧书店。五六年后，在东京神田旧书店再次发现
该书，首次开始了真正阅读。这一次，他被蒙古民族的兴盛
历程深深吸引，产生了强烈的创作欲望，并定名"苍狼"。
关于定名"苍狼"的原因，井上靖在其自作解说中写道：

　　据《蒙古秘史》的开篇处记载，传说蒙古民族的祖
先——苍色如黑夜的狼和惨白如白昼的鹿肩负着上天的
使命，共同渡过西方辽阔美丽的湖畔来到不儿罕山，在

这里繁衍了蒙古民族的子子孙孙。[①]

井上靖被这个美丽的传说深深打动，便在构思之前定下了作品的名字。以"苍狼"作为书名，固然起源于蒙古民族的这个苍狼与白鹿的神话传说，但更深层的含义在于作者想以此表现成吉思汗的精神力量，这也正是作品发表后在日本文坛引起争论的"狼原理"的最初根源。之后，井上靖收集了大量关于成吉思汗和蒙古民族的书籍资料，有瑞典多桑（1780～1855）的《蒙古史》（1852），俄国符拉基米尔佐夫（1884～1931）的《蒙古社会制度史》（1930），法国布鲁丁的《成吉思汗》，以及拉尔夫·福克斯的《成吉思汗》，等等。此外，参考的资料还有日本近代小说家幸田露伴的剧本《成吉思汗》、现代作家尾崎士郎（1898～1964）的剧本《成吉思汗》、柳田泉（1894～1969）的《壮年的铁木真》等。但主要资料来源是那珂通世的《成吉思汗实录》，以及小林高四郎（1941～　）翻译的《蒙古黄金史》，白鸟库吉的《音译蒙文元朝秘史》。小林高四郎的《元朝秘史研究》和《东

① ［日］井上靖：《〈蒼き狼〉の周囲》，《井上靖歷史小説集》（第四卷），东京：岩波书店，1981年，第360~361页。

西文化交流》也对井上靖创作《苍狼》起到了很大的作用。

最初阅读《成吉思汗实录》时，井上靖首先萌生的想法是抒写兴盛发展的整个蒙古民族。13 世纪，蒙古民族是这个世纪的主人，他改变了当时世界的政治格局。成吉思汗和他的子孙们一起征服了 13 世纪人口最稠密的文明世界。无论是人口总数、依附国家数，还是地域幅员，比历史上任何其他征服者的规模都要大得多。蒙古帝国全盛时期幅员在 2840 万到 3108 万平方公里之间，几乎相当于非洲大陆的面积。从西伯利亚冰雪覆盖的冻土地带到印度酷热的平原，从越南的水田到匈牙利的麦地，从朝鲜半岛到巴尔干半岛，铁骑所到之处皆成疆域，从现代地图上看，包括 30 个国家，超过 30 亿的人口。令人吃惊的是，创造这一辉煌成就的蒙古部落总人口仅 100 万，而征战东西，所向披靡的军队只有 10 万人。

历史常以"吊诡"的形式展现自己的面貌。蒙古军队血腥残忍的对外扩张，使几乎所有被征服的国家都饱受了惊恐与苦难。它给被征服国造成的经济、文化破坏和精神创伤，使今天的人们依然不寒而栗。另外，蒙古帝国又确实打破了在它之前存在的此疆彼界所带来的种种阻隔，蒙古人的西征，沟通了欧洲、亚洲之间的交通，使东西方经济、文化交流空前地频繁起来。在这一时期，欧洲重新发掘出他们以前拥有的优秀文化中的某些部分,并且,吸收了经由蒙古人传入的印刷术、火药和指南针等技术。此后,欧洲在文化的交流、贸易的拓展以及文明的进步等方面,很快就产生出一种空前的上升态势。法国史学家莱弥萨说:"此交通乃将中古之黑云,一扫而净。屠杀之祸虽惨,殊可以警奋数世纪来衰颓之人心,而为今日全欧复兴之代价也。"[1] 因此,整个蒙古民族的兴衰过程,引起了从学生时代就向往西域的井上靖的强烈兴趣。然后,他深深意识到,整个蒙古民族的兴盛归根结底是系之成吉思汗一身的。假如没有成吉思汗这个英雄的出现,蒙古、亚洲乃至欧洲的历史将会重写。

有星的天

旋转着

众百姓反了

不进自己的卧内

互相抢掠财物

---

[1] 乌兰:《〈蒙古源流〉研究》,沈阳:辽宁民族出版社,2000 年,第 35 页。

有草皮的地

翻转着

全部百姓反了

不卧自己被儿里

互相攻打（韩儒林译）[1]

　　《蒙古秘史》中的这首诗，真实地再现了 12 世纪成吉思汗出生之前，蒙古草原上各部落间的掠夺和复仇战争造成的社会动乱。13 世纪的波斯历史学家志费尼说："在成吉思汗出现以前，他们没有首领或君长。每一个或两个部落分散地居住着，他们不互相联合，他们之间进行着不间断的战争和敌对行动。其中有的人把抢掠和暴行、不道德和放荡视为英勇和美德的行为。金朝皇帝也经常强索或掠取他们的财富。"[2]蒙古广大部民处在这种无休止的战争中，灾难不断，死亡频频。谁能统一部落制止掠夺和残杀，谁

────────────

① 韩儒林：《穹庐集——元史及西北民族史研究》，上海：上海人民出版社，1982 年，第 162 页。

② ［波斯］志费尼：《世界征服者传》，何高济译，呼和浩特：内蒙古人民出版社，1981 年，第 21 页。

就会受到部落民众的拥戴和尊重，就会推动历史向前发展。成吉思汗就是完成这一伟大历史任务的英雄人物。连拿破仑都自叹弗如道："我的一生不及成吉思汗伟大。"

三、破解铁木真出身之谜

在《我的文学轨迹》中，谈及历史小说创作这个话题时，井上靖这样说道："在《苍狼》的创作过程中，我有一种强烈的欲望，我要写出我所理解的成吉思汗。我没能收集到所有的资料，当然，也不可能找到所有的资料，也没有那个必要。但我要将成吉思汗这个世界征服者置身于兴盛发展的民族洪流中去写。"① 于是，井上靖决定以成吉思汗为中心人物来描写蒙古民族的兴盛史，他说："我写成吉思汗，并不想把它写成建立横跨欧亚帝国的英雄故事，也不想把它写成一部史无前例的残酷侵略者的远征史。写成吉思汗的一生，虽然需要涉及这些方面，但是，我最想探寻的，就是成吉思汗那无穷无尽、不知疲倦的征服欲望是从何而来的？这是一个难

---

① ［日］井上靖：《わが文学の軌跡》，东京：中央公论社，1977年，第161页。

解之谜。"① 又说："之所以萌生想写某一历史人物的欲望，对我来说，主要是对这个历史人物有感到疑惑不解的地方。如果我对某个历史人物完全不理解，那么我就认为自己和他无缘，一开始也不会萌生写这个人物的欲望；相反，如果非常了解某个历史人物，那就更不会有写这个人物的念头。我之所以想写成吉思汗的一生，是因为我对这个人物有一点理解，但却又有难以理解的地方。那就是他强烈的征服欲的根源是什么？这是一个秘密。"② 井上靖要进一步解释的这个"难以理解的地方"是指所要写的"人物的行为"。③

《苍狼》既是成吉思汗的传记小说，也是以成吉思汗为主体的一部蒙古民族的崛起史，从文学作品的角度而言，也是成吉思汗精神世界和他"无穷无尽、不知疲倦的征服欲"的心理世界的探险史。井上靖在描写成吉思汗的数次征服战争过程的同时，也十分注意表现其产生征服欲望的心理"秘密"，那就是他的"出身之谜"。

---

① ［日］井上靖：《蒼き狼》，《井上靖歴史小説集》，东京：岩波书店，1981 年，第 366 页。

② 同上，第 31 页。

③ ［日］井上靖：《わが文学の軌跡》，东京：中央公论社，1977 年，第 164 页。

　　实际上，八百多年来，蒙古民族及历代史学家们不曾怀疑过成吉思汗的孛儿只斤氏族出身。在历史上，成吉思汗的出生年份确存在争议，一种说法是 1155 年，另一种说法是 1162 年，我国学者采用的是 1162 年这种说法。事实上，出身遭到质疑的人只是成吉思汗的长子术赤。在术赤出生之前，母亲孛儿帖曾经被蔑儿乞惕部落抢走，并在那里生活数月之久。成吉思汗生平发动的第一场战争就是向蔑儿乞惕部落复仇，夺回妻子孛儿帖。被夺回的孛儿帖不久便产下一男婴，成吉思汗为其取名"术赤"。"术赤"一词在蒙语中有"不速之客""客人"之意。因此，关于术赤的出身，蒙古贵族及学者一直争论不休。甚至可以说，蒙古黄金家族很快走向分崩离析与术赤的出身不明有关。井上靖在探求成吉思汗的"强烈的征服欲的根源"时，将这一历史之谜与有关蒙古祖先由来的"狼神话"，以及成吉思汗的母亲也是"抢婚"得来的女人这一史实结合到一起，虚构出"狼原理"这一后来在日本文学界引起历史小说创作论争的故事情节。在《苍狼》中，成吉思汗是在其母从蔑儿乞惕部落被抢回后不久出生的，这使他对自己的蒙古黄金家族血统产生了怀疑。流传于蒙古部落的狼的传说，使他相信只有通过不断的征服，把自己变成狼，当上蒙古的可汗，才能证明自己蒙古黄金家族的血统。所以，他不断地发动战争，通过战争证实自己是狼的后代。作者在《苍狼》中依据传说和想象虚构人物的心理，力图还原英雄人物的内心世界。井上靖笔下的成吉思汗，不再只是一个攻无不克的英雄符号，而是一个在马嘶号鸣中充满复杂情感和自身矛盾的人物个体。而有关成吉思汗"出身之谜"的虚构，正体现了井上靖历史小说的创作理念，从而增强了《苍狼》作为历史小说的可读性。2007 年 3 月 3 日，在全球三十多个国家和地区同步上映的电影《苍狼——直到天涯海角》，故事情节也多取材于井上靖的小说《苍狼》。影片从另一个侧面，展现了作者以东方人或东方民族特有的情感看待成吉思汗这位历史人物的特殊视角。同时，井上靖在作品中还充分表现了蒙古民族的"苍狼"性格——群体性、残酷性、坚忍性和扩张性，成吉思汗就是在这样的群体中生活和成长的英雄。对此，国内学者评论说："日本作家井上靖在长篇小说《苍狼》中，对成吉思汗的这种恶狼一样残忍和野蛮，有生动的叙写和尖锐的批判。"① 但

① 李建军：《是珍珠，还是豌豆？——评〈狼图腾〉》，载《文艺争鸣》2005 年第 2 期，第 62 页。

实际上，井上靖并没有加以道德上的，乃至文明论的评判，井上靖是用感叹的、审美的目光审视成吉思汗及蒙古民族的这些性格特征并加以诗意化的。

围绕《苍狼》文学属性的一场论争

一、草原史诗《苍狼》

　　《苍狼》既可以说是成吉思汗的传记小说，也可以说是以成吉思汗为主体的整个蒙古民族的兴盛史。井上靖在充分占有史料的基础上，运用丰富的想象力，对成吉思汗这一人物形象进行了艺术虚构。"狼原理"是井上靖根据蒙古民族古老传说，艺术虚构出的《苍狼》中成吉思汗不断发动对外战争的心理根源。利用传说来丰富情节和人物，是历史小说艺术虚构的一种方式。传说是历史上众人口耳辗转相传的故事，本身就有某种程度的虚构成分，而且往往带有较多的传奇色彩。在历史小说创作中，如果有选择地采用并进一步加工，可以丰富作品的故事内容，塑造浪漫主义色彩的人物形象，增强小说的艺术感染力。

　　"狼原理"产生的另一个因素是成吉思汗的"出身之谜"。井上靖根据史书上成吉思汗出生年份不一，其母也是"抢婚"得来的女人等极其简单的记载，沿着事件和人物性格展开合理想象，构思出当时历史条件下可能发生的故事情节。这也是一般历史小说的虚构方法，顺应史料的导引进行虚构和发挥，创造的形象不仅使史书中的人物具体化与具象化，更使人物得以扩充和放大。这种虚构方式也正是历史小说区别于"史实"的地方。文学创作本身就是虚构，没有虚构就没有文学创作，就没有小说艺术。史料上的历史记载都很简单，小说家通过艺术虚构将这些简单的记载变为栩栩如生、情节曲折、给读者留下深刻印象的小说。这个艺术虚构的过程就是小说创作的过程。一部历史小说的艺术魅力来自虚构，而并非"史实"的铺设。史实本身是无所谓艺术性的。

　　除借助合理想象进行艺术虚构外，创造艺术真实另一种方法是借助于对人物的心理描写。历史已经过去，人物早已久远，人物的心理活动由何得知？历史小说创作如果仅仅停留在描写人物的对话和行动，那只是人物的外在表现。人物的精神世界是需要通过心理活动的描写才能揭示出来的。如果能准确地把握人物的性格和气质，仍然能够真实地写出人物的心理活动。历史小说家唐浩明说："深入历史人物的内心世界，努力做到与之心灵相通，是历史小说中文学形象塑造的成功关键。"①史书上记载的往往是历史人物的成功业绩，或成功后的辉煌，或失败后的凄凉。而"辉煌"或"凄凉"背后的心血和奋斗等，传统史书上往往不见记载。然而，这些罕见于史册的记载恰恰正是历史人物成功或失败的根本，也是其精神和灵魂的所在。一个历史小说家，只有深入笔下人物的精神世界、并与之心灵相通，所写出的人物才能形神兼备。这种功夫的培养，既需要作家广泛地涉猎当时及后世的各种私文书、野史逸闻等，又需要作家对笔下人物进行细致入微的心理探究。

井上靖的文学创作受到了中国古典文学的影响，也受到了西方文学的浸润。小说形式由故事形态转为生活形态，并有较多的心理描写，使历史小说脱离了古典主义的故事化与

---

① 唐浩明：《历史人物的文学形象塑造》，载《文学评论》1995 年第 10 期，第 42 页。

类型化，汇入了现代现实主义的艺术潮流。在作品《苍狼》中，井上靖运用现代心理分析手段，以心理学家的身份深入成吉思汗的内心世界，探寻其"为什么这样做"的原因以及生命活动的内在动力。"一个传记艺术家的成就，在很大程度上将取决于：他是否能够在表现出年代的范围和岁月的跨度的同时，又能够着重突出表现一个人的外貌和内心的主要行为形式。"① 一部成功的传记，不仅要展现人的生命过程，更重要的是要揭示出这个过程的内动力。黑格尔说过："艺术美的职责就在于它须把生命的现象，特别是把心灵的生气灌注现象，按照他的自由性表现于外在事物。"② 人内心里有一种活生生的东西在躁动、在激荡、在冲突，需要表现出来，这就是生命、生命力，人与自然的矛盾、人与社会的矛盾、人的自我矛盾、人与人之间的矛盾，首先在人的心灵上引起震荡，人的心灵活动乃是一个人生命活动的动力和基础。一部传记，不是讲述个人的历史，而是通过一个人物反映一

---

① 《大不列颠百科全书》，北京：中国大百科全书出版社，1999 年，第 2 ~ 467 页。

② ［德］黑格尔：《美学》第 1 卷，北京：商务印书馆，1979 年，第 198 页。

个时代的变迁。从这一点来看,《苍狼》就是一部成功的传记小说,它不仅表现了成吉思汗个人的精神世界,更反映了整个蒙古民族兴盛发展的全貌,以及 13 世纪人口最稠密地区的社会发展状况。《苍狼》中成吉思汗对"狼原理"的不断求证,是作者对成吉思汗内心世界不断探寻的一种表现方式。通过对成吉思汗生命活动的内在动力的不断探究,成功地描绘出成吉思汗的精神世界,使成吉思汗的艺术形象达到了"形神兼备"的艺术水准。

历史小说家唐浩明(1946 ~)认为"衡情推理,弥补史料之不足,可使艺术真实超越信史",[①] 并说道:

研究历史,固然要从史实出发,这是毫无疑义的。但是,流传下来的史料与丰富多彩的历史本身相较,实在是一毛与九牛之比。因此,在严肃认真的研究基础上,做一些衡情推理的考求,或许能弥补史料之不足。……通过衡情推理的功夫,创造出的有着艺术真实的历史人物的文学形象,它甚至可能超越历史的真实,而这,正

---

① 唐浩明:《历史人物的文学形象塑造》,载《文学评论》1995 年第10 期,第43 页。

是作家对人类社会的贡献。①

唐浩明以自己创作的作品《旷代逸才》为例，深入探讨自己的历史小说创作观：

1915年时的袁世凯身为中华民国正式大总统，他手里握有强大的北洋军队，刚刚镇压了国民党的二次革命，又通过了任期十年、可连选连任、可提名候选人的总统选举法。这个总统选举法，既保证了袁世凯终身总统的位置，又赋予他至高无上的权利。他实际上已是一个不折不扣的皇帝了。为什么袁世凯还要复辟帝制呢？难道说，"皇帝"的称号比起"总统"的称号来，就真的有这样大的魅力，以至于使得他情愿去背弃自己昭于世界的诺言，冒天下之大不韪呢？关于这个疑问，现存的史书中并没有明确的答案。

在综合分析许多史料的基础上，通过自己的衡情推理，我认为在袁世凯自为的逆流中，真正的主角不是袁世凯

① 唐浩明：《历史人物的文学形象塑造》，载《文学评论》1995年第10期，第43页。

本人，而是其长子袁克定。这个怀着宰割中国的野心而又不具备相应能力的袁大公子，正是需要把共和制复辟为君主制，把"总统"退回到"皇帝"，才可以由太子进而登基称帝。否则，按共和制的宪法，在政治和军事两个领域里都没有根基、派系的袁大公子，将永远不可能被推举到至尊的地位上。所以他要竭力怂恿，甚至采取欺骗的手法，千方百计地要他的父亲做皇帝，有着极重私心，又习惯于旧秩序的袁世凯自然乐意接受各方拥戴。这样，便造成了历史上的洪宪帝制怪胎。我的这种思索，也不能拿确凿的史料予以证实，只能算是一个推测。我自认为这个推测是可以成立的。我按自己的想法去描述那段历史，去塑造袁氏父子的文学形象。①

　　唐浩明关于"复辟帝制"的推测与井上靖的"狼原理"有着异曲同工之处。"狼原理"是在深入研究多方面史料的基础上，通过对成吉思汗扩张战争的史实进行衡情推理而描写出的情节。成吉思汗统一蒙古部落是为了实现世代蒙古人

---

① 唐浩明：《历史人物的文学形象塑造》，载《文学评论》1995 年第 10 期，第 43 页。

的梦想，南征金国是为先祖俺巴孩汗复仇。但在完成统一、复仇大业之后，为什么还不断远征西夏、西辽、花剌子模等西方大国？当时的花剌子模在经济、文化等各方面远远超过蒙古部落。蒙古部落不但落后，而且因连年征战，人力、财力都十分匮乏。如果说西征花剌子模是为了摆脱贫穷，也不足为信。实际上，南征金国后，金国岁岁朝贡的金银珠宝足以使蒙古部落富足起来。为西征花剌子模这一大业，成吉思汗动员了 16 岁到 70 岁的所有蒙古男子。这一举措如果失败，则意味着成吉思汗奋斗一生的事业将付之一炬。然而，成吉思汗在征服富庶、发达的花剌子模后，仍然不断扩张，又先后到达印度、里海、俄罗斯等地。那么这又是一种什么力量呢？

在作品中，井上靖赋予成吉思汗以"出身之谜"的悬念，"出身之谜"使成吉思汗对自己的血统产生怀疑，但流传于蒙古部落的狼的传说使他相信只有通过不断的战争征服，将自己变成狼，当上蒙古的可汗才可以证明自己的蒙古黄金家族的血统。成吉思汗对怀有同样出身之谜的长子术赤说的第一句话就是："我能变成狼，你将来也必须变成狼！"① 在其后的蒙古部落对外扩张战争中，成吉思汗就以这个"狼原理"要求自己和术赤，术赤立下卓越战功之时，也正是成吉思汗最兴奋的时候。"自己对术赤的情感，究竟是爱，还是恨？连成吉思汗自己也弄不清楚。成吉思汗对术赤有时是爱，有时是恨。爱和恨在不同的场合表现出不同的内容和形式。但有时混合在一起，表现出极为复杂的情感。"② 这里所说的"复杂的情感"当然也包含成吉思汗对术赤出身之谜的疑惑，所以只有"赐给"他"连续不断地充满着苦难的命令"③，让他"一次再一次地去完成那些责无旁贷的使命"④。通过不断的战争征服证明自己是狼的后代，是蒙古黄金家族的继承者。后来，当年迈的成吉思汗得知术赤病逝于钦察草原时，才明白自己原来比谁都爱术赤，爱这个和自己有着同样命运的儿子。术赤和自己一样，在用毕生的功业去证实自己是不折不扣的真正的蒙古狼的后裔。

---

① ［日］井上靖：《蒼き狼》，《井上靖歴史小説集》（第四卷），东京：岩波书店，1981 年，第 103 页。
② 同上，第 240 页。
③ 同上，第 239 页。
④ 同上。

井上靖在小说中试图通过成吉思汗与长子术赤两代人对"狼原理"的追求，揭示成吉思汗不断发动扩张战争的内在动力和"无穷无尽、不知疲倦的征服欲"的心理世界。有位评论家说过，写一篇近万字的历史小说评论，需要读30万字的历史小说，300万字的历史资料。写历史小说评论固然难，但要写一部不被误读的历史小说更难。尤其是蒙元史直接史料太少，很多方面无法深入，不少专业人士都望而却步。因此，可以说井上靖的《苍狼》是历史题材领域的一次成功的挑战，"出身之谜"即"狼原理"的虚构，是作者对依靠文献无法解决的成吉思汗"无穷无尽、不知疲倦的征服欲"的疑问做出的衡情推理，也是《苍狼》与其他成吉思汗传记小说的不同之处和小说取得成功的最重要部分。

二、历史小说《苍狼》

乐黛云教授在论及全球化语境下的多元文化发展时说："任何伟大的艺术作品总是体现着人类经验的某些共同方面而使欣赏者产生共鸣，同时又是作者本人的个人经验、个人想象与个人言说。伟大作品在被创造时，总是从自身文化出发，筑起自身的文化壁垒，在被欣赏时，又因人们对共同经验的感知而撤除了不同文化之间的隔阂。"

历史小说创作困扰作家的一个问题就是如何处理好历史真实与艺术真实的统一。因为，读者的期待视野尽管不一，但对小说"历史"意味的理解与感悟却是共通的。文学是一个具有自身规则的话语系统，按照结构主义文学批评的观点，语言形式本身就包含着特定的意义。为了达到这种统一，作家从文学的审美本性出发，用历史唯物主义态度和时代精神观照历史。在不违背大的历史事实的原则下，以刻画人物性格为中心，着力表现人物复杂的内心世界和丰富的精神追求，由此决定生活细节的取舍与虚构，人物关系的建立和转换、故事情节的构思和安排。

历史是真实的、客观的，而小说是虚构的、主观的，分离部分远远大于相交部分。历史小说取材于历史，又凭借想象虚构为小说。好的历史小说虽虚构成分居多，却能有力地展现历史上的种种人物和时代精神。这种虚与实相融消长的复杂状况，使历史小说和历史之间既有深深的不解之缘，又有明显的距离感和超越感，从而构成作品各不相同的历史性和审美要素，蕴含历史与艺术的辩证关系。如何处理这种关系，是影响作品价值的关键性因素。

历史性的核心是历史的真实性，是作品给予读者的历史真实感。历史小说所反映的历史真实具有显著的"似是而非"特性。融入大量想象和虚构的历史人物和事件只能"似"历史，不可能"是"历史，它们是具有很大虚拟性的小说意象，并非历史人物和事件的真实写照，这就是历史小说的似史性。关于历史小说，胡适就说过这样的话："最好是能于历史事实之外，造成一些似历史而非历史的事实，写到结果却又不违背历史的事实。""事实"就是人的作为、言论、生活状况，属于人的形迹，即所谓"形"。这种"似历史而非历史"的"形"是历史小说似史真实的重要部分。以"形"显示似史的人物情操和时代精神——"神"，才能构成以形写神的拟实小说艺术。大量的虚构使作品的具体内容和思想精神一并具有似史的真实，也正是这种似史的意象特征使创作超越空间，进而构筑起既像历史又超越历史的小说意象，展示出种种富于美感的历史人物和历史精神。

由于作品的大量内容和生活画面都出自想象和虚构，要使意象具有较强的似史真实感，就要注重运用史料和熟悉历史知识，深入研究历史的特定人物和事件，认识其本质意蕴，为想象与虚构引路照明，使其顺应历史方向，创造出似史与超越统一的艺术境界。井上靖在小说创作过程中始终贯彻这一创作理念。他在创作小说《苍狼》前收集、研究史料，创作中反复深入历史，又跳出历史，用现代小说形态确切而艺术地表现历史，从而营造出了似史与超越相统一的艺术境界。

1959 年，《苍狼》发表后获年度文艺春秋读者奖，并名列每周畅销书榜首。评论家认为这部"规模宏大的历史小说"是"井上靖文学的转折点"，是一部"现代英雄叙事诗"。然而，与井上靖同时期的作家大冈升平（1909 ～ 1988），对井上靖这种历史小说创作手法提出质疑，批评井上靖对史实"先入之见"，根据创作需要任意取舍史实，发明"狼原理"。认为井上靖的"狼原理"没有对史实进行详细的研究，是摄取小说需要的部分史实而发明出来的。他甚至认为井上靖"将历史浪漫化、传奇化并加入虚构"而创作的《苍狼》既不是历史小说，也不是叙事诗，只是颇为奇观的杜撰。对此，井上靖反驳道："不能将史实等同于历史小说。历史小说只要是小说，就不能不在历史事实之间加入作者的解释。且《蒙古秘史》不是正史记，而是叙事诗，没有理由原原本本照模。"①并以《平家物语》描写的故事及人物源清盛为例说明"没有

---

① ［日］井上靖：《自作〈苍狼〉——大岡氏の〈常識の文学論〉を読んで》，臼井吉见监修《戦後文学論争》，东京：番町书房，1977 年，第 433 页。

理由一定要忠实描写战斗的场面，特别是其中的对话部分"。井上靖进一步解释说，如果没有"狼原理"，自己就不会创作这部小说，也正是这一点才使历史小说成为小说。

这场关于历史小说创作手法的争论，是在日本特定的历史文化背景下展开的。如前所述，20世纪50年代，正是日本战后经济复苏期，在日本文坛上，则是"第一次战后派"走向衰落，大众文学与"'中间小说'"取而代之成为日本文学主流的时期。当时一部分文学批评家认为，容忍大众文学、""中间小说""成为文坛主流，就是对长期以来形成的日本传统文学理念的践踏。所以，极力呼吁保持文学的纯洁性。其中，大冈升平以《群像》的"文学常识论"专栏为阵地主张文学贵族论，认为应保持某种古典主义文学观，用纯文学抵御历史性概念或既定的现实主义洪流的冲击。而获得日本文学界一致称赞的《苍狼》的发表，正好成为大冈升平强调其自身文学主张而进行攻击的最佳目标。

大冈升平在《〈苍狼〉是历史小说吗》一文中提出了两个主要论点：一、《苍狼》中对成吉思汗的描写过于浪漫化，故不能称为叙事诗。作品中对史实部分的运用实属对《蒙古秘史》的"篡改"或"改写"，因此，亦不能称为历史小说。二、《苍狼》的创作主题是井上靖篡改历史事实而发明的"狼原理"。小说中成吉思汗统一蒙古部落、征服西方大国,建立君主集权国家都可以追溯到"狼原理"这一心理根源上。对其他人物和战争场面的描写,业已沦落为"家庭情景剧"或"美国豪华大片"的创作手法。

对此,井上靖在《〈苍狼〉的周围》一文中回应说:"狼原理"来源于蒙古部落的传说,而正是这个传说才使自己萌生创作的欲念。如果这个设定妨碍《苍狼》成为历史小说,那么历史也就失去小说化的可能。再者,"尊重史实"与"偏离史实"两种观念,在小说创作过程中一直强烈地斗争着,并时常告诫自己不能任意取舍历史,避免"改写"历史。而且"我在《苍狼》中,并没有以任何形式改写历史"。

历史小说不是史学意义上的讲史,而是讲述历史的文学。如何把握史实的可信性与文学的虚构性之间的关系,如何在历史真实的基点上完成文学的虚构,如何把握历史小说的审美特征,在创作中寻求历史与文学的有机融合,也是井上靖在历史小说创作过程中一直思考的问题。

在井上靖与大冈升平论争的同时,评论家山本健吉在《读卖新闻》上发表《历史与小说》一文,表明了自己的观点。大冈升平立即做出回应,在《群像》三月号发表《〈苍狼〉是叙事诗吗》一文,使得"狼原理"论争更加激烈。山本健吉虽然赞同大冈升平认为井上靖描绘的人物形象过于浪漫化的观点，但却认为如果用现实主义手法描写成吉思汗，《苍狼》就难以成为叙事诗，而非"史实"部分恰恰使其成为叙事诗。与古希腊长篇叙事诗《伊利亚特》一样，井上靖在《苍狼》中也试图去描写人类的虚无行为，并认为"正是这对于现代人来说不可能实现的梦想的具象化，才保持了小说的现代性"①。大冈升平并不认同山本健吉对叙事诗的解释，认为《伊利亚特》打动人心的地方并不是对"纯粹行为"的描写，而植根于"人类的真实行动"才是"叙事诗的真实"。山本健吉立即予以反击，在《再论"历史与小说"》中补充说，《苍狼》体现了现代作家选择叙事诗的形式表现"沉积于现代人内心深处的行动意识"，即使是"虚无的行为"，也"存在于缺乏行动性的现代人的潜在意识中"。其后，大冈升平在《国语问题》一文中主张停止争论，认为自己与山本健吉对"叙事诗"概念的理解完全不同，并以 19 世纪以来欧美文学的历史为佐证，认为"现代叙事诗是在 19 世纪以来的现实主义文学观的基础上发展起来的，对'行动的憧憬'在司汤达或纪

---

① ［日］山本健吉：《歴史と小説》，臼井吉見監修《戰後文学論争》，东京：番町书房，1977 年，第 455 页。

德的作品中，根本找不到踪影"①。

至此，关于"狼原理"的论争随着大冈升平的"停战声明"而宣告终止，但对"历史小说""叙事诗"的概念及深层内涵的理解的论争却没有结束。这是一个在世界各国文学领域永无止境，值得反复论争、深入探讨的课题。

三、何谓历史小说

在日本历史小说创作初期，作家菊池宽（1888 ~ 1948）认为历史小说就是"以历史上有名的事件或人物为题材"②的小说。战后，大众文学、"中间小说"的异军突起，各种文学现象的出现，要求文学批评家对历史小说做出新的界定。南条范夫（1908 ~ 2004）在《史实与小说》一文中，根据历史小说的特点进行了分类：

1. 尊重史实的具有客观性的小说。

---

① ［日］大冈升平：《国語問題のために》，臼井吉见监修《戰後文学論争》，东京：番町书房，1977 年，第 462 页。

② ［日］菊池宽：《历史小说论》，载《文学创作讲座》第 1 卷，上海：上海光华书局，1931 年。

2. 根据固有观念对史实进行价值判断的小说。

3. 借用史实表达作者所要表现的主题的小说。

4. 作者对历史上无明确记载的事件进行主观创作的小说。

5. 不拘泥于史料，充分发挥作者想象力的小说。

南条范夫进一步解释说这种分类虽是顺应"读者的要求"，但很难做到截然分清，一部作品中常常存在一种或多种因素。对此，大冈升平说："在评价一部历史小说之前，需要分清其所属种类。如果说是尊重史实的历史小说，而其中又有作者更改历史的主观成分，就难免遭到质疑。"[①] 由此可见，日本历史小说的界定，已从"狭义的历史小说"扩展到"广义的历史小说"。历史小说家的创作手法也已由原来的严格遵照"尊重史实、偏离史实、尊重史实与主题自由发挥并存"这三种类型，演变到"不拘泥于史料，充分发挥作者自由奔放的想象力"。在中国题材历史小说创作方面，这种表现更为明显，当然，也受到评论界的质疑。日本评论家稻田耕一郎对新生代中国题材历史小说家做过这样的评

---

① ［日］臼井吉见监修：《戦後文学論争》，东京：修番町书房，1977年，第 471 页。

论："近年来，随着各界对中国越来越强烈的关心，以中国历史为题材从事写作的作家也增多了。但我所看到的作品大都出于杜撰，情况令人吃惊。"[1]

"历史文学"在中国和日本的情况是一样的，它并非传统文类，而是在近代西方文学影响下产生的文学概念。20世纪初，中国文坛始有"历史小说"一词。对于历史小说的界定中国学界也一向众说纷纭。与菊池宽同时代的郁达夫（1896～1945）对历史小说的表述是："现在所说的历史小说，是指由我们一般所承认的历史中取出题材来，以历史上著名的事件和人物为骨干，再配以历史背景的一类小说而言。"[2]目前，中国学界公认的历史小说的内涵是"以真实历史人事为骨干题材的拟实小说"。"真实历史人事"自然不包括描写古代小说中的虚拟人事的再生小说；形态限于"拟实"，就排除了古代与现代、后现代的种种虚幻表义之作。同日本文坛一样，近些年来，中国历史小说包含的范围也越来越广

---

[1] 转引自王向远：《源头活水——日本当代历史小说与中国历史文化》，银川：宁夏人民出版社，2006年，第226页。

[2] 郁达夫：《历史小说论》，《郁达夫文集》第5卷，北京：三联出版社，1982年，第283页。

泛。尤其是"新历史小说"的出现不断冲击着传统历史小说的创作，在"新历史小说"中，想象的成分远远超出了史料，史料的意义仅仅体现为历史的叙事——历史话语。这一点，在中国和日本学界是相同的。

实际上，大冈升平认为的历史小说，是将史家的文字记载重新复活为实际的历史、实际的生活史和精神史；而井上靖则是将实际存在的历史、实际的生活史和精神史艺术地变成小说。

大冈升平所说的"实际的历史"是历史学研究的任务，原本就不是历史小说的创作目标。向历史小说寻求真实历史，虽然还不至于缘木求鱼，但无论如何还是找错了对象。历史小说的创作与历史研究自然是有区别的，即便是历史学家也早已放弃了那种一厢情愿式的天真信念，以为总有一天他们可以做到绝对客观地去"复原"历史。他们所孜孜以求的"真实历史"，不仅处处显现出从史料中"榨取"出来的五花八门的"真实细节"，同时也总是内在地包含着研究者自身在追忆过去时必不可免地掺入其间的主观的"想象"成分。"真实细节"再多再全，它们的总和也不可能自行构成所谓的真实历史。同时，创造性的想象力对历史研究也是必不可少的，以至于被其批评者指责为把历史出卖给"社会科学祭坛"的年鉴学派泰斗布洛克都主张，必须在历史学科中保留诗的成分，保留住"能让人惊异脸红的那份精神"。

历史学领域内的想象必须最充分地接受资料的核证与检验。在从古至今不计其数的潜在历史可能性或曰偶然性之中，只有最终演化为历史现实的那小小一族才有资格受到历史学家的青睐。遵循着"有一分材料说一分话"的严厉约束。历史学的想象不允许生造没有资料依据的人物、对话、情节和事件，甚至也不允许在现存资料所提及的内容之外，再去添油加醋，为它们虚构种种情节。

与这种最受拘束的"受控想象"不同，历史小说的创作却与其他类型的文学创作相类似。它可以拥有大得多的自由想象空间，可以在不被"证伪"的范围里，在未与现有资料相抵牾的前提下从事创作。"其文直，其事核，不虚义，不隐恶。"对史家固然难能可贵，但对历史小说家就显得过于简单化。因为，如果只承认了历史的客观实在性，而忽视甚至否认作家创作时的主观能动性（即作家在艺术原则的指导下对资料的甄别、分析、提高过程），那么，历史小说只能是历史的翻版，作家的思想就会湮没在浩繁的史料之中。对此，克罗齐（1866～1952）说过："只有对现实生活产生兴趣才能进而促使人们去研究以往的事实，所以这个以往的事实不是符合以往的兴趣，而是符合当时的兴趣，假如它与现实生活的兴趣结合在一起的话。"从这个意义上，克罗齐做出了"一切历史都是当代史"的论断。《苍狼》的思想文化内涵不仅表现在作者如何真实地再现了历史的真实，更主要的是它通过作者的创作过程，在写作中注入了作者对成吉思汗个人以及整个蒙古民族历史的认识和反思。

亚里士多德（前 384～前 322）在《诗学》第 9 章中有这样一段名言："显而易见，诗人的职责不在于描写已发生的事，而在于描写可能发生的事，即按照可然律或必然律可能发生的事，历史家与诗人的差别不在于一用散文，一用'韵文'；希罗多德的著作可以改写为韵文，但仍是一种历史，有没有韵律都是一样；两者的差别在于一个是叙述已发生的事，另一个是描述可能发生的事。因此，写诗这种活动比写历史更富于哲学意味，更被严肃的对待；因为诗所描述的事带有普遍性，历史则叙述个别的事。"① 亚里士多德甚至主张："为了获得诗的效果，一桩不可能发生而可能成为可信的事，

---

① ［古希腊］亚里士多德：《诗学》，《诗学·诗艺》，北京：人民文学出版社，1982 年，第 28 页。

比一桩可能发生而不能成为可信的事更为可取。"①宙克西斯（Zeuxis）所画的人物或许不可能存在，但艺术作品理应比生活原型更美。亚里士多德的"诗"指一切文艺创作，小说创作自然也在其内。历史小说既然指以历史为题材的小说，也就仍然是小说，而不是历史。作家写历史小说，实际上仍在"叙述可能发生的事"。在作品《苍狼》中，井上靖为成功塑造成吉思汗这一历史人物的文学形象，借用蒙古部落的古老传说，虚构"狼原理"这"一桩不可能发生但可信的事"，来探寻成吉思汗"无穷无尽、不知疲倦的征服欲"的心理世界。正如吉林大学杨冬教授所说"艺术摹仿不单纯是对现实作如实地摹写，而是意味着对自然的筛选和改造，同时也意味着艺术的想象和理想化"②。这也正是井上靖将实际存在的历史艺术地变成小说的根本所在。

到目前为止，日本文学界认为井上靖在《苍狼》的创作中，摆脱史书的限制，在小说中树立了两个新的主题：一个是"狼

① ［古希腊］亚里士多德：《诗学》，《诗学·诗艺》，北京：人民文学出版社，1982年，第101页。
② 杨冬：《西方文学批评史》，长春：吉林教育出版社，1998年，第36页。

原理"，另一个是主人公成吉思汗对女性的极端不信任。《苍狼》发表伊始，河盛好藏就撰文对两个主题的妥当性提出质疑，尔后爆发了那场著名的"狼原理"论争。笔者认为，这两个主题实际上是同一个问题，第二个主题实际上是第一个主题的发展和演变。

如前所述，蒙古部落有关于狼的传说，说蒙古民族的祖先——苍色如黑夜的狼和惨白如白昼的鹿肩负着上天的使命，共同渡过西方辽阔美丽的湖畔来到不儿罕山，在这里繁衍了蒙古民族的子子孙孙。成吉思汗一方面认为只有不断对外扩张才能证实自己是蒙古狼的后代；另一方面也想通过传说中"苍色如黑夜的狼"的伴侣"惨白如白昼的鹿"，来证明自己狼的身份，并在祖先繁衍生息的不儿罕山继续祖先的使命。而这"惨白如白昼的鹿"，在成吉思汗看来必须是纯洁的。关于这一点，大冈升平曾提出质疑，认为古老的蒙古民族是没有贞操观念的。实际上并非如此，在以男性为主体的古老的蒙古游牧部落之所以盛行"抢婚"习俗，原因是多方面的。当时，部落与部落之间经常为争夺某一生存空间或某一猎获物而发生战争，所获俘虏男性全部杀害，女性或为仆，或为妻。后来演变为以掠夺对方妇女为目的的战争，以致成为各部落之间习惯性的报复。成吉思汗的母亲、妻子都是通过"抢婚"来到蒙古部落的,蒙古部落也因此与其他部落结下了世仇。虽然"抢婚"基于种种因素成为蒙古民族的习俗,但不等于说蒙古民族没有贞操观念。

长子术赤的出身之谜,更加深了成吉思汗内心深处从幼年时代就对女人抱有的一贯看法。他承认女人的美丽、爱情和忠诚,但决不相信这些东西是一成不变的,"任何有价值的东西,只要被女人所拥有,都是不安定的"。[1]妻子孛儿帖也罢,母亲诃额仑也罢,她们既能够生育具有蒙古血统的狼,又能够生养蔑儿乞惕、塔塔儿人的后代。成吉思汗完全相信部下对自己的忠诚,但"对女人却不能给予同样的信任。因为,她们没有让人信任的基础。女人的美丽、爱情、忠诚,只有在她成为自己的人的时候,才属于自己。被征服民族的男人,只要你把他征服了,他就能成为你永远不变的忠实部下。然而,女人却不一样,是令人棘手的。除非在床上你将她紧紧地抱住,并且把她的一切都据为己有,否则她就不是你的"[2]。每次战争胜利后,每当成吉思汗看到许多女人像

---

① [日]井上靖:《蒼き狼》,《井上靖歴史小説集》(第四卷),东京:岩波书店,1981 年,103 页。

② 同上,第 104 页。

串起来的珠子一样被押着走，心头就产生一种难以名状的凶暴心情。自己的母亲、妻子过去不也曾这样被押着走过吗？于是，成吉思汗总是从中挑选出称心如意的女人拉到自己的帐殿之内。但是，他没有遇见一个女人为了保卫自己的贞操而试图抵抗。她们任凭成吉思汗为所欲为，而从没有人表现出痛苦和悲哀的神情。对成吉思汗来说，这是不可思议的。在战争中，男人们不惜牺牲自己的生命。但如果战败了，女人们毫无例外地欣然去顺从敌方的男人，包括自己的母亲、妻子在内。因此，成吉思汗认为人生最得意之事就是"战争胜利后，把敌人的女人放在床上，当作褥子躺上去。让她们都怀上蒙古人的孩子，生出蒙古人的后代"①。

然而，与其说成吉思汗对母亲和妻子曾被敌人夺走，失去操守而耿耿于怀，不如说是她们被夺走后带来的后果深深困扰了成吉思汗的一生。幼年时，当成吉思汗第一次从同父异母兄弟的口中，得知自己不是父亲也速该的儿子时，"尽管他并非深信不疑，但因此受到了沉重的打击"②。此时的

---

① ［日］井上靖：《蒼き狼》，《井上靖歴史小説集》（第四卷），东京：岩波书店，1981年，第166页。

② 同上，第37页。

"铁木真多么想找个人解开埋在心底的疑团！倘若问母亲诃额伦，或许能够立刻把问题搞个水落石出。可是，铁木真担心直接问母亲关于自己出生的隐私，会再次使母亲像自己射死同父异母弟弟时那样怒不可遏"[①]。就这样，出身之谜一直困扰着成吉思汗。母亲去世后，"成吉思汗似乎得到了迄今为止从未有过的自由"[②]——"再也没有一个人来监视自己所考虑的事情了。以前，成吉思汗尽量使自己相信自己是苍狼和鹿的后代。每当这时，总感觉母亲诃额伦的存在妨碍着自己的那种想法。"[③]而有着同样出身之谜的长子术赤的出生，更加重了成吉思汗的这种痛苦。他意识到术赤"将来也像自己一样，为是否具有蒙古血统而痛苦一生；同样需要变成狼来证明自己的蒙古血统"[④]。"我能变成狼，你将来也必须变成狼！"[⑤]这是成吉思汗对术赤说的第一句话，蕴含着肩负同样命运的父亲对儿子的特别情感。

[①]［日］井上靖：《蒼き狼》，《井上靖歴史小説集》（第四卷），东京：岩波书店，1981年，第43页。

[②] 同上，第166页。

[③] 同上，第209页。

[④] 同上，第102页。

[⑤] 同上。

所以说，成吉思汗对女性的不信任实际上是"狼原理"的进一步发展和演变。而且，这种"对女性的不信任"不是"极端的"，而是相对的。在小说中，成吉思汗除正妻孛儿帖之外，对曾多次身陷险境却仍坚守贞节的忽兰产生了真挚的爱情，认为她就是传说中"惨白如白昼的鹿"的化身。当成吉思汗看到"在动乱的旋涡中度过了 10 天的女人"[①]，"胸部和后背满是被毒打之后留下的青紫色的斑斑伤痕"[②]，相信"她的的确确保住了圣洁的贞操"[③]。因此，"他再一次感到自己现在比谁都更爱这个女人，也许终生都会始终不渝地爱着她"。[④] 在以后的多次出征中都让其陪伴左右，而包括正妻孛儿帖在内的其他女人从未得到过如此殊荣。所以说，如果"成吉思汗对女性极端不信任"这一主题成立的话，就无法解释成吉思汗对爱妃忽兰的这段感情。

在小说中，对忽兰所生的儿子阔烈坚的情节处理，实际上也是"狼原理"的演变。面对具有百年基业的强大金国，

---

① ［日］井上靖：《蒼き狼》，《井上靖歷史小説集》（第四卷），东京：岩波书店，1981 年，第 171 页。

② 同上。

③ 同上，第 170 页。

④ 同上，第 171 页。

成吉思汗做好了全军战死沙场的准备。开战之前，成吉思汗将自己和爱妃忽兰所生的儿子阔烈坚送给了不知姓名的蒙古部落人抚养，"让他依靠自己的力量长大，变成蒙古狼吧！"①一方面，成吉思汗是想通过这种方式保护自己最心爱的儿子，面对生死存亡的残酷战争，这也许是最好的选择。另一方面，成吉思汗想通过自己和最纯洁的"惨白如白昼的鹿"的化身忽兰的子孙变成狼的事实，来证明自己确是狼的后代，而这一切却无法告诉忽兰。"一旦说出口，顷刻间就会像泡影一样破灭，四散得无影无踪。"②因此，成吉思汗把阔烈坚送给不知姓名的人抚养，是对爱妃忽兰、爱子阔烈坚表达情感的一种特殊方式，而并非大冈升平说的惧怕正妻孛儿帖的责难。山本健吉认为这一部分是《苍狼》中最成功的地方。

井上靖在日本岩波书店举办的演讲会上，在谈及"历史小说与史实"这一话题时，说自己在创作《苍狼》过程中，曾对成吉思汗与忽兰的儿子阔烈坚的下落问题一度感到困惑。井上靖创作《苍狼》时，"手边的史料文献只有《蒙古秘史》

---

① ［日］井上靖：《蒼き狼》，《井上靖歴史小説集》（第四卷），东京：岩波书店，1981年，第252页。

② 同上，第252页。

《蒙古年代记》和《蒙古源流》"①这三本书，而"其中除了一处阔烈坚被送给平民的文字外，没有关于阔烈坚的历史记载"，②而成吉思汗与正妻孛儿帖的四个儿子，在史料中却有详细的记载。因此，井上靖认为阔烈坚或许"夭折"了，所以，井上靖在《苍狼》中顺应情节发展，展开合理想象，赋予阔烈坚以继续"狼原理"的使命。实际上，波斯学者拉施特主编的《史集》和中国的《元史》中，有关阔烈坚及其后裔的记载较为详细。据《史集》记载，成吉思汗完成西征后进行第三次分封时，分给第五子阔烈坚的军队有四千人之多。

鲁剌思部人忽必来那颜千户。

捏古思部人脱斡里勒千户。

捏古思部的［另一个］脱斡里勒千户。

……③千户。

在此邦［伊朗］，千夫长札兀儿赤及其子哈剌，其孙雪

---

① ［日］井上靖：《歴史小説と史実》，《井上靖全集》（第二十四卷），东京：新潮社，1999 年，第 636 页。

② 同上，第 637 页。

③ 各种版本都欠缺。

你台是他们的后裔。成吉思汗将上列异密及四千军队分给了阔烈坚。阔烈坚的儿子兀鲁带在帖必力思，设有一座"兀鲁带作坊"，由札兀儿赤及其诸子管理。①

如果井上靖在小说创作过程中看到上述史料，《苍狼》中阔烈坚的命运也许是别样的。在"狼原理"论争过程中，大冈升平曾指出《苍狼》"改写"历史情节，但并没有提出阔烈坚的问题。可见，《史集》和《元史》中关于阔烈坚的记载并没有引起日本学者的重视。笔者认为，从历史小说创作的角度而言，《苍狼》中"狼原理"的艺术虚构无可厚非，但却对井上靖因小说取材的局限性，而"改写"阔烈坚命运的结果感到遗憾。如果说《苍狼》中成吉思汗对阔烈坚命运的安排是小说的高潮部分，是小说最为成功的地方，那么，同时也是《苍狼》作为历史小说最失败的地方。正如大冈升平所说，一部以尊重史实为前提的历史小说，根本原则是不能更改主要史实的。

总之，井上靖在其历史小说创作中，基本上贯彻了这样

---

① ［波斯］拉施特主编：《史集》（第一卷第二分册），余大钧、周建奇译，北京：商务印书馆，1983 年，第 378 ~ 379 页。

一个原则："以文学的想象来填补史实的间隙"——既受制于历史的真实，又追求诗的真实。井上靖运用现实主义与浪漫主义相结合的创作手法，真实中饱含着丰富的想象，虚构中不失历史的真实，使虚与实融为一体，构成一幅完整的历史画卷，从而开辟了历史小说创作新途径。1961 年 1 月中村光夫在《朝日新闻》发表《文艺时评》，对《苍狼》给予积极的评价，他认为井上靖的历史小说散发着他喜爱的历史人物的淡淡的虚无，在唤起现代读者共鸣的同时，也明晰地显现出作者空想的轮廓。

虚往实归——井上靖晚年的

"孔子"之道

第一节

井上靖的小说《孔子》

一、《孔子》的小说化

在孔子诞辰 2540 周年的 1989 年，井上靖以中国古代圣人孔子为题材的长篇历史小说《孔子》经过 10 余年的酝酿、准备，最终得以问世。这部充满哲理思想的历史小说一经出版，在日本便成为销量过百万册的畅销书，并获得第 42 届野间文艺奖。当时韩国、英国、法国等世界各国学者也都争相翻译出版此书。

《孔子》是井上靖集 40 余年文学创作之大成的绝笔之作，

行至晚年的井上靖最终选择"孔子"这一题材作为自己的收山之作是有其历史必然的。首先与孔子思想在日本的传播和影响有着直接的关系。吉川幸次郎在一次报告会上说："对我们日本人来说，孔子和鲁迅是中国文化与文明的代表……一个日本人，他可能不知道中国的历史、文学和哲学，但是，他们却常常饶有趣味地阅读孔夫子和鲁迅先生的著作，通过这些著作，他们摸到了中国文明与文化的脉搏。"[①] 深爱中国文化的井上靖，在接触中国文化之初就已潜移默化中受到孔子思想的影响。井上靖在与吉川幸次郎座谈时，曾提到自己中学时代就读的学校设有汉文课，对《论语》等中国文化有一定程度的了解。并强调当时受中国文化的影响"并不是用上课的形式，而是自然地深入其中，受到熏陶的"[②]。而这"自然地""熏陶"正是孔子思想在日本传播与影响的具现。作为中国传统文化思想核心的儒家学说大约从汉代起，既已跨出国门，传入东亚的朝鲜、日本等国，并由此产生了深远的影响，形成了孔子文化圈。中国和日本的典籍都

---

① 张哲俊：《吉川幸次郎研究》，北京：中华书局，2004 年，第 7 页。
② 周发祥编：《中外比较文学译文集》，北京：中国文联出版公司，1988 年，第 328 页。

有公元前三世纪末秦人徐福东渡时将诗书带到日本的记载。中、日、朝三国史书明确记载，公元285年，百济使者阿真歧荐博士王仁向日本应神天皇献《论语》《千字文》。据此，孔子思想传入日本已有1700年的历史。经奈良朝到平安朝（750～1192），孔子思想在宫廷皇室、大臣等上层社会产生巨大影响，再经镰仓至室町时代（1192～1603），孔子思想已成为武士道体系的重要思想渊源。江户时代（1603～1867），孔子思想的影响达到高潮，成为德川幕府维持统治的精神支柱。对日本的社会道德、文化教育和政治生活产生巨大的影响。日本学者儿岛献吉郎说："日本文化，与中国文化紧密相连……及孔教传入，因能适合于日本国体与民俗，故日人之祖先，取之而为国教。"[1]这种与日本固有的民族精神和神道思想相结合而形成的适合于日本国情的儒家思想，成就了日本的儒学。儒学在日本被视为"实践道德说而非宗教"。[2]日本教育家小原国芳（1887～1977）认

---

① ［日］儿岛献吉郎：《诸子百家考》，陈清泉译，北京：商务印书馆，1933年，第69页。
② ［日］尾形裕康：《日本教育通史》，黄启森译，台北：达承出版社，1965年，第4页。

为儒学的内容就是"孔子集其大成之道德说、伦理说",^①认为儒学传入日本,对日本文化发展有很大的贡献。日本不断吸收中国文化,从而使"儒教渐次形成了日本的国民道德"。一些西方学者认为除中国本身外,日本是世界上研究孔子儒家思想成果最多的国家。因此,在源远流长的中日文化交流的背景下,中学时代的井上靖受到以孔子思想为代表的中国文化的"熏陶"确是"自然"之事。

然而,井上靖创作《孔子》的要因是被《论语》里蕴含的深刻思想所折服。井上靖在《致中国读者》一文中说"我晚至 70 读《论语》,为之倾倒。……立即被孔子的言语所吸引,耽读入迷。这 10 年来,爱不释手,自由驰骋于《论语》的天地之间,不仅毫无倦意,而且渐入佳境"。^②他还说:"我从书本上结识许多《论语》学者、专家,受益匪浅。这种《论语》入门法恐怕并非唯我独具,六七十岁的人读《论语》,大抵和我一样,都成为《论语》的俘虏。我深感《论语》中孔子对人生的见解力,神奇魅力的现代式语言中蕴藏着全部

---

① 〔日〕小原国芳:《日本教育史》,吴家镇、戴晨曦译,1935 年,第 37 页。

② 〔日〕井上靖:《致中国读者》,《人民日报》1990 年 3 月 2 日。

理想和感受。深深地打动着我们这些即将对人生进行总清算的老人的心。"①

在日本近代文学史中，以《论语》或孔子思想为主题的作品也早已有之，主要有谷崎润一郎的《麒麟》（1910），太宰治的《竹青》（1945）以及中岛敦的《弟子》（1952）等。《麒麟》通过孔子与卫灵公、南子等人的关系来表现"吾未见好德如好色者"的主题；太宰治的《竹青》运用《聊斋志异》的写作手法阐释《论语》内容；而中岛敦的《弟子》则是从子路的角度来描写与孔子师徒之间的情感。这三部作品都是取材《论语》或孔子的某一方面进行创作的，没有将二者合一进行阐释。井上靖笔下的《孔子》则是以《论语》思想为根本，并结合其思想内涵塑造孔子形象的一部小说。

井上靖认为"孔子是乱世造就的古代（公元前）学者、思想家、教育家。以研究《论语》著称的美国克里尔教授与日本学者和辻哲郎博士把孔子称为'人类的导师'，这是最恰当不过的评价。孔子的确是人类永恒的导师"。②"孔子

① ［日］井上靖：《致中国读者》，《人民日报》1990年3月2日。
② ［日］井上靖：《执笔小说〈孔子〉》，《井上靖全集》（别卷），东京：新潮社，1999年，第273页。

的思想至今没有过时。"^① 所以，应该让更多的人了解《论语》

的思想内涵。学者专家的相关著述主要在相关学者之间交流，不易为大多数读者所接受。而小说题材的《孔子》则可以通过环境气氛的渲染，故事情节的拓展，通俗易懂、潜移默化地介绍孔子的生活经历和思想境界。这是井上靖将"孔子"小说化的根本原因。

　　《孔子》全书近 20 万言，共分为五章。从始至终把访谈作为第一现场，无论主要人物蔫姜的讲述与答问，还是与会学者的提问与发表意见，均以第一人称对话的形式进行，全无作者的客观描述。蔫姜是作者笔下虚构的主人公，小说以他对孔子死后的追忆、讲学和聚会讨论的形式，展开孔子晚年的故事。井上靖通过虚构这样一个人物，从客观的角度见证孔子与三位弟子之间的情感；另外，通过蔫姜与众弟子对孔子思想的研究与探讨，说明《论语》的编撰过程。这样，"把舞台置于春秋乱世这个大时代背景，再让孔子一行登台表演，那么，孔子、子路、子贡、颜回以及其他弟子都会栩栩如生、活灵活现地以各自符合历史时代的风貌出现在观众面前，而

---

① 　[日]井上靖：《执笔小说〈孔子〉》，《井上靖全集》（别卷），东京：新潮社，1999 年，第 273 页。

在这历史中产生的孔子言论以及孔子与弟子的问答就必然具有鲜活的生命力"①。这样的叙述方法，使孔子与各具个性的弟子之间的相互关系，在小说空间中，以一种鲜明的整体形式浮现出来。《论语》是孔子去世数百年后，经几代孔门弟子的努力编撰出来的，思想学说也主要是靠后人口口相传继承的。所以，在《孔子》中，井上靖以孔子后人讲述和议论的形式，探讨《论语》思想的各个方面。这样既可以再现当年的历史风貌，也比孔子本人出场自述显得自然客观，对充分展现后人对孔子某一学说的不同见解，显得尤为恰当贴切。小说中，蔫姜以蔡国遗民的身份出场。在第 1 章中以回忆的方式追忆自己的一生，以及跟随孔子 14 年间所闻所见的孔子及其众弟子的情形，表达了自己对师尊孔子的敬仰之情；第 2 章，蔫姜根据史实，与众多学者反复探讨"天"与"天命"的内涵；第 3 章，通过蔫姜的叙述证实孔子与弟子子路、颜回和子贡的情感；第 4 章，通过孔子自身的言行，探讨孔子哲学思想根源的"仁"以及"知"与"仁"的关系；第 5 章，蔫姜在孔子故去 33 载后，再度前往负函，通过所见所思，终于领悟到孔子思想的真谛。

---

① ［日］井上靖：《致中国读者》，《人民日报》1990 年 3 月 2 日。

二、《孔子》的取材

《史记》"孔子世家"篇和"仲尼弟子列传"篇中，收录了有关孔子的生平及其弟子们的情况。然而，这仅仅是一些只言片语的记载，而且是在孔子辞世400多年后编撰而成的，可信度难以断定，后人也曾指出过其中的差误之处。尽管如此，作为研究孔子的基本史料，《史记》仍是井上靖创作《孔子》唯一的指导性论著。另外，小说《孔子》也借鉴了《汉书》《春秋左氏传》《谷梁传》《吕氏春秋》等史书。中国学者顾颉刚编订的《崔东壁遗书》和郭沫若的《中国史稿集》等也对井上靖创作《孔子》起到了一定的借鉴作用。

为再现孔子当年的历史环境，从1981年到1988年，井上靖在其创作前后共六次访问中国山东省和当时河南省尚未对外国人完全开放的地区。①

① 第一次：1981年9月，曲阜（鲁国都城）；第二次：1982年11月，淄博（齐国都城）、济南、淮阳（陈国都城）、商丘（宋国都城）、永城、郑州；第三次：1983年12月，郑州、开封、葵丘（春秋时期诸侯会盟之地）；第四次：1986年4月，新郑（郑国都城）、上蔡（蔡国最初的都城）、新蔡（蔡国的第二个都城）、驻马店、濮阳（卫国都城）、安阳（殷国都城）、开封、郑州；第五次：1987年11月，信阳（楚国的负函）、郑州；第六次：1988年5月，济南、曲阜。

众所周知，山东曲阜是孔子的故乡，而河南是孔子被逐出鲁国后，与子路、子贡、颜回等众弟子14年流浪之地，也是中华文化的发祥之地。

井上靖通过河南之行解决了创作《孔子》最棘手的两个问题。一个是"负函问题"。孔子一行在陈国国都居住3年后，远赴楚国负函。而负函究竟在楚国的什么地方，始终是一个谜。孔子到过楚国的依据是《论语》中"近者悦，远者来"这句话，从侧面证实了《春秋左氏传》中"致蔡遗民于负函"一节所记载的历史事实，成为孔子曾逗留楚国的重要证据。"叶公诸梁，致蔡遗民于负函"一节，发生在哀公4年（公元前491）夏。蔡国迫于吴国的压力，决定于哀公2年，迁都远方的州来。然而，迁都时，约有一半的国民仍然留在旧地，生活方式如旧，故被称作蔡国遗民。在这种情况下，楚国一位出色的政治家叶公在楚国的地界上新建了一个"负函"城，以收容那些蔡国遗民。除此之外，"负函"在其他古籍中均无记载。

孔子入楚后，拜访叶公，居住地大概也在负函。但是，楚国之大，负函究竟位于何处？井上靖第4次访问河南，正是其创作进退维谷之时，如果这一次仍确定不了负函的位置，小说的情节就无法展开。一般认为负函位于淮河上游，于是井上靖决定到河南信阳了解情况。当时，信阳郊外的淮河边发掘出一座"大楚王城"遗址。遗址横卧在信阳县长大乡苏楼村，面积 68 万平方米。信阳当地乡土史家告诉井上靖这里大概就是他所寻找的负函。原先不过是蔡国遗民的小镇，后来逐渐扩大，成为城墙高筑的军事要塞的楚国王城。后来，越来越多的史料表明，这座王城遗迹很可能就是负函城址。《孔子》发表后，信阳当地还发掘出楚国叶公时期负函高官的坟墓。

通过河南之行解决的另一个问题是确定蔡国新旧国都的问题。《汉书·地理志》与《史记》中关于蔡国国都的记载大相径庭，这使井上靖的创作左右为难。据《汉书》记载，蔡国定都上蔡，历经 500 年后迁都新蔡又延续 40 年，而《史记》的记载则截然相反。为弄清楚上蔡和新蔡的先后顺序，井上靖连续两年到上蔡、新蔡访问，参观了新蔡、上蔡两座古城的残垣断壁，察看了城墙的大小和城内街道的分布结构后，判断上蔡是 500 年国都，新蔡是 40 年国都。

在井上靖的中国题材历史小说中，几乎所有的作品都是在没有现场取材的情况下，而是仅凭史料记载和作家才能进行创作的。《孔子》是井上靖唯一一部经过反复取材、确认后创作的中国题材历史小说。井上靖决定以"孔子"为题材进行小说创作后，广泛收集国内外相关史料，全身心地投入有关孔子和《论语》的文献里。然而，就在将第一部分书稿交付出版社的当天（1986 年 9 月 29 日），井上靖被检查出患有食道癌，并做了食道切除手术。也就是从那时起，井上靖真正领悟到孔子的"天命"思想。"最后，我已无能为力，只有听任'天命'的安排，……横躺在手术台上，任由麻药夺走意识。"① "死生有命，富贵在天"——癌症手术之后的井上靖对"天命"的理解，决定了他其后《孔子》创作的重心。实际上，"仁"是《论语》中最重要的话题。《论语》里，除《为政》《八佾》《乡党》《选进》《季氏》等篇章中完全没有出现"仁"之外，全书共出现了 110 次"仁"的话题。但是在井上靖创作的《孔子》中，"仁"却退居其次，对"天命"的探讨最多。

手术恢复后的井上靖立即重新投入《孔子》的创作中。他立志"在有限的生命"里写出自己所理解的孔子。也就是

---

① ［日］井上靖：《和自己相会》，《朝日新闻晨报》1989 年 12 月 25 日。

说，在小说创作过程中，井上靖和天命的抗争与笔下的孔子命运同时展开。是"天命"中无法逃避的"死"先吞噬掉井上靖，还是小说家井上靖抢先完成自己的绝笔之作《孔子》？在《孔子》创作的全过程中，井上靖一直在与"天命"中注定的死亡竞争。"孔子毕生最伟大的业绩，产生于孔子生平最悲伤、最孤寂的时期，而正是这些悲伤、孤寂支撑着他。"①孔子周游列国回到久别的鲁都后，将自己整个生涯的积累集中于讲学授业。然而，就在一切开始走向正轨的时候，集孔子所有期待于一身的爱子——鲤（伯鱼）却撒手人寰；两年后，孔子认为最好学的爱徒颜回因贫穷而逝；另一爱徒子路也相继身亡。正是在这最悲伤、最孤寂的时期，孔子完成了他的讲学大业。对井上靖而言，《孔子》是其作家生涯的顶峰之作，也是其在意识到自己生命尽头来临之际，将自己的身、心，乃至生命融入笔端，抒写出的超越生死的无悔之作。从这个意义上说，绝笔之作《孔子》可以看作是作家井上靖小说形式的遗书。

① ［日］井上靖：《孔子》，《井上靖全集》（第二十二卷），东京：新潮社，1999年，第299页。

三、《孔子》中的孔子形象

井上靖在《孔子》一书的序言《致中国读者》中写道："孔子是怎样一个人？我以为可以归结为一句话：是乱世造就的古代（公元前）学者、思想家、教育家。"①

井上靖在小说中，以淡然的笔触勾勒出孔子的品格与学说，泰然的心境与凝重的感叹，明慧的达观与温和的嘲讽，还有对弟子深切的情感。孔子认为自己生活的春秋时代是天下无道的时代，礼崩乐坏，陷入了"臣弑其君者有之，子杀其父者有之"的历史灾难的深渊。而孔子向往的则是尧舜理想化的、有道的黄金时代，他的理想是使现实政治回到"礼乐征伐自天子出"的轨道上去。"周监于二代，郁郁乎文哉，吾从周"，以致梦不到自己敬仰追慕的圣人周公，便为之感伤不已。"甚矣吾衰也，久矣，吾不复梦周公。"为此，孔子不得不以一种"知其不可而为之"的行动"放逐"自我，14年周游列国的漂泊中，即便是彷徨与卫、绝粮陈蔡，依然坚定执着，不改其道。"知其不可"是孔子对现实的明察、对人生的彻悟；"为之"则是孔子对现实的负责、对人生的

---

① ［日］井上靖：《致中国读者》，《人民日报》1990 年 3 月 2 日。

热诚。孔子相信治理乱世是上天赋予他的使命，所以尽管随时都有艰难险阻，但也不能因之而懈怠退缩。虽然一切努力都没有效果，但他从不气馁，明知不可能成功，却仍然坚持不懈。

井上靖在小说中，首先以孔子对自身的评价探讨其为人。"其为人也，发愤忘食，乐以忘忧，不知老之将至云尔。""朝闻道，夕死可也。"这句话，杨伯峻在《论语译注》中将其译为"早晨得知真理，要我当晚死去，都可以"。这是学界公认的解释。但井上靖在作品中超越以往，做出新的诠释，"要是早晨听说已经出现一个以道德治理国家的理想社会，让我当晚死去也心甘情愿"[①]。在这里，井上靖将"道"从"真理"上升为"以道德治理国家的理想社会"。这也是晚年身为日中友好协会会长、国际笔会会长的井上靖在现实世界中所思考的问题。

另外，在小说中，作者从蔫姜的视角指出了孔子令世人敬仰之处：

---

① ［日］井上靖：《孔子》，《井上靖全集》（第二十二卷），东京：新潮社，1999年，第381页。

——一个体恤他人悲苦之人。

——一个如春风般温和之人。

——一个正直、认真之人。

——有着超越年龄界限的生机与朝气。

——明慧的心智和博大的修养。

——任何时刻都不懈努力。

——毫无苟且的君子。

——一个自强不息的君子。

——古今无双的德之圣者。

——宽以待人，严以律己。

——宽以恕人。

——一生一世普爱世人。

——威而不猛。

——绝不言不由衷，心口不一。

——以救世救人为己业，鞠躬尽瘁，死而后已。[①]

另外，孔子无时无刻不秉持着的那份冷静，那无人可望

① ［日］井上靖：《孔子》，《井上靖全集》（第二十二卷），东京：
新潮社，1999 年，第 381 页。

其项背的非凡气质被认为是"极为冷静之处"。也是"作为凡人的孔子，给人最深刻的印象"。①并从六个方面一一指出这一点：

——敬鬼神而远之，可谓知矣。

——未能事人，焉能事鬼？

——未知生，焉知死。

——子不语：怪、力、乱、神。

——子之所慎：斋、战、疾。

——康子馈药，拜而受之，曰："丘未达，不敢尝。"②

这样，井上靖笔下的《孔子》经历了一个由"圣"到"凡"，又由"凡"到"圣"的过程，一个宽厚博爱、推己及人、体恤民情、孜孜以求的仁人形象在井上靖的笔下树立起来。

---

① [日]井上靖：《孔子》，《井上靖全集》（第二十二卷），东京：新潮社，1999年，第413页。
② 同上，第414页。

第二节

井上靖的"孔子"之道

一、抗争"天命"

对"五十而知天命"的探讨，是小说《孔子》最重要的创作主题。"天命"是个艰深的问题，孔子思想中最难理解的莫过于"天命"这个问题。作者在开篇处提出——"天何言哉。四时行焉，百物生焉，天何言哉。"——孔子言道，"天"何曾说了什么？"天"什么都没说。四季照样运行无阻，万物照样生长，"天"却什么也不说。孔子决意将自己的一生奉献于天所赋予的使命，且一步一步踏实地走过来，但中途却不止一次地逼得孔子不能不慨叹——"命也"。

孔子一行周游列国，曾先后于黄河之畔、负函之夜，两度面对毫不容情的"天命"。滞留卫国之际，一度想前往北方强国晋国，弟子子路、子贡、颜回均随同前往黄河渡口。但到了那里，忽闻晋国政情有变，遂中止晋国之行，慨叹道："美哉，水洋洋乎，丘不济于此，命也。"这也许是"命""天命"所使然。孔子一行之所以滞留陈都四载，不远千里奔赴负函，就是为了在极其自然的情况之下谒见楚国昭王。然而，孔子数年来的深思熟虑却被一个意外粉碎——昭王驾崩。昭王的意外死亡成了孔子的"天命"。不得谒见昭王，命也——孔子的心情想必如此。但孔子一言不发，返回宅第之后，坐在可以望见夜空的走廊一隅，宣布了下一个行动——"归与，归与"。与天命相争！孔子舍弃长达 14 年的周游列国之旅，决定返回鲁都去重拾传道施教的旧业。

晚年返回鲁国后的孔子，回顾自身 50 岁前后的经历，言道："五十而知天命。"然而，孔子五十岁那年，究竟何所感？何所知？"天命"的内涵到底是什么？井上靖在《孔子》中，把"五十而知天命"解释为"我于五十岁时，自觉到自己所从事的事业是上天所赋予的崇高使命"。认为既然意识到这种使命感，就应该为之不懈地努力，无论遇到什么样的艰难险阻都应该努力去做，成功与否都是天意。也就是说，"五十而知天命"这句话含有两层意思：一是自我意识到天赋的使命；二是既然具有这种使命感，就要奋力而为，能否成功，只能由天裁夺。"无论任何事情，……成功与否只好由天"。

井上靖认为孔子周游列国的 14 年，就是不断与"天命"抗争的漫长的 14 年。而返鲁后等待孔子的却是爱子鲤，爱徒颜回、子路的相继离世。对颜回的死，孔子发出"天丧予！天丧予！"的悲叹，这是对无情的"天命"的悲诉。如果说，"五十而知天命"是孔子对其自身使命和生存方式的反思，那么，"天丧予"则是晚年孔子在至亲至爱的人相继离去之后，对"天命"的无力抗争。

井上靖在探讨《论语》中的"天命"观的同时，也对蔫姜自身"天命"的经历进行了描写，蔫姜对"天命"的反思，实际上正是一直在与"天命"抗争的井上靖内心的真实写照。在小说中，蔫姜两次因"天命"而改变了自己对人生的思考。当时还是仆役身份的蔫姜在村落破屋中看到了孔子一行面对狂风暴雨时的情景。在天摇地动般的狂风暴雨面前，孔子既不思躲避，也不图保身，正身端坐，泰然处之。就是在那个雷电交加的夜晚，蔫姜生平第一次知道，世上竟有这样高尚的人。一种想法油然而生——即便生逢乱世，人仍然应该去思考一些事情。如果没有这一夜，蔫姜将和其他仆役一起，在宋都或陈都离开孔子，前往蔡国的新都或旧都回到普通的生活。孔子坦然面对狂风暴雨的情景正是 80 岁的井上靖接受食道癌手术的内心写照。"第一次冷静地正视自己的命运就是在决定接受食道癌手术的时刻。"①或接受手术，以 80 岁的高龄与"天命"抗争；或放弃手术，听任死亡的随时到来。而手术成功与否，也只能任凭"天命"了。面对"天命"中的死亡，井上靖"正身端坐、坦然迎接"。而绝笔之作《孔子》就是对"天命"最有力的抗争。"看透之后仍旧战斗"的精神，我们不仅能从中国的孔子、鲁迅的身上看到，在井上靖这位深受中国传统文化影响、热爱中国文化的老作家身上也依稀可见。

蔫姜感受"天命"的另一次经历是为师尊孔子守孝三年期满后。隐居山村的蔫姜，受到一户农家无微不至的照顾。农家生了个女孩儿，平时怎么也不让蔫姜抱的女孩儿，在两周岁生日的那天，突然主动向蔫姜伸出了双手。于是，这一

---

① 《朝日新闻晨报》1989 年 12 月 25 日。

天，成为年迈的蔫姜60多年乱世生涯中最美好的一天。然而就在当晚，女孩儿突然生病，一个月后不治而亡。这是"上天"的惩罚，还是"命"该如此？可爱的女孩儿并没有做什么坏事，而且又是第一次向他人示好，"上天"究竟是在惩罚谁呢？岁岁老却的蔫姜在无数个深夜仰天长思而不得其解。实际上，类似"女孩儿"的事在井上靖的现实生活中真实地发生过。"前年，快两岁的可爱的孙女英子突然得了脑炎，完全丧失了意识，至今未愈。那么纯洁、无辜的孩子为什么会遭到如此厄运？我抑制住自己悲伤的心情，将'天命'作为《孔子》的中心命题进行创作。"①这里的"前年"是指1987年，也就是井上靖做完食道癌手术的第二年。食道癌手术和爱孙的患病，对正执笔《孔子》的井上靖来说，是非常重要的两次经历。也正是这样的经历才衍生出井上靖对"五十而知天命"的"天命"的理解：走自己所信奉的道路，成败与否，任由天意。这是乱世中孔子的生存理念，也是执笔《孔子》时的井上靖的生存理念。

---

① ［日］傅田朴也：《畢生の大作〈孔子〉——近く完結》，芹·井上文学館の会々報108。

二、"仁"与"礼"

由于作者自身的多方面因素，小说《孔子》对"天命"
的探讨被置于首要位置，但对"仁"的关注也占有重要的地位。
孔子的整体思想是"仁"，"仁"代表了从形而上的本体到
形而下的万事万物。然而，"仁"究竟是什么？千余年来人
们一直在探究。井上靖对"仁"的理解又如何呢？

孔子所强调的美德都具有"能动性"（Dynamic）和社会性。
例如"恕"（人际关系的相互性）、"信"（对他人善良的
信念）都内在地涉及一种与他人的动态关系。"仁"最具代
表性。孔子曾说："人人都该设身处地为他人着想；他人悲
伤之时抚慰之；寂寥之时体恤之，此即'仁'也。'仁'由'二
人'组成，乃是任何两人之间都应相互体恤。对亲人，体恤之；
对邻人，体恤之；途遇陌路亦体恤之。"① "仁"字以"人"
字旁配以"二"字，无论父子、主仆，乃至旅途陌路所遇，
只要两人相见，两人之间随即产生彼此恪守的规范，此即是
"仁"。换言之，就是"体谅""体恤"，亦即站在对方的

---

① ［日］井上靖：《孔子》，《井上靖全集》（第二十二卷），东京：
新潮社，1999 年版，第 52~53 页。

立场考虑问题。孔子认为要使无序至极的天下或多或少地恢复伦常，须正本清源改变人世的根本。孔子正是基于这个观点，才提出"信"与"仁"的主张。

对于"仁"，孔子的解释常因人而异。井上靖在《孔子》中，引用了《论语》中的关于"仁"的一下词条：

——子贡问曰："有一言而可以终身行之者乎？"子曰："其恕乎，己所不欲，勿施于人。"——子贡问道："可有一言可奉行终生乎？"孔子答以："恕也。恕者，设身处地为他人着想；勿将自身所不喜之事加诸他人身上。"孔子以"恕"言"仁"。

——"巧言令色，鲜矣仁。"——"一味花言巧语、虚情假意取悦他人者，是少有仁德之人。"蔫姜进一步说，想从巧言令色者身上求得一个人该有的仁心，怕是缘木求鱼，换言之，以仁为怀的人，绝无可能是个巧言令色的小人。

——"惟仁者，能好人，能恶人。"

——子曰："刚毅木讷，近仁。"与"巧言令色"截然相反的人。

——子曰："仁远乎哉？我欲仁，斯仁至矣。"意即"仁"

并非远在天边的神思玄想，只要本身意欲行"仁"，"仁"就近在咫尺。

第五章 虚往实归——井上靖晚年的『孔子』之道

——子曰："人而不仁，如礼何？人而不仁，如乐何？"——人若匮乏仁心，即便有"礼"又能如何？那是枉费心机；于"乐"亦如此，匮乏仁心，即便习乐，亦无何意，毫无意义。

——子曰："志士仁人，无求生以害仁，有杀身以成仁。"——以仁为怀的有志之士，不至为苟全性命而损伤"仁"德；非但如此，为了保全"仁"德，随时舍命亦在所不惜。①

由此看来，井上靖认为孔子所讲的"仁"有大小两种，对市井之人而言，是互谅互助的为人之道；对处于乱世的政治家而言，是拯救生灵于涂炭的根本。无论"大仁"还是"小仁"，都是对世人的关爱和人应有的真诚。

在小说中，作者引用樊迟与孔子的对话探讨"知"与"仁"的关系，认为孔子是集"知者"与"仁者"于一身的圣人。

① ［日］井上靖：《孔子》，《井上靖全集》（第二十二卷），东京：新潮社，1999年，第245页。

樊迟问知。子曰："务民之义，敬鬼神而远之，可谓知矣。"问仁。曰："仁者先难而后获，可谓仁矣。"

樊迟问仁。子曰："爱人。"问知。子曰："知人。"

樊迟问仁。子曰："居处恭，执事敬，与人忠。虽之夷狄，不可弃也"。①

"知者乐水，仁者乐山。知者动，仁者静。知者乐，仁者寿。""知与仁"是个极为深奥的问题，孔子借人人都能体会的对照物——"水与山"加以解释，这正是孔子的诗心或直观之所在，也是世世代代的人为之动容之处。孔子自身既是知者，亦是仁者。既以知者乐水，亦以仁者乐山，且兼备知者之"动"与仁者之"静"；以知者尽享天赐时日，亦以仁者从容安享天年。

在"礼"的问题上，《孔子》只提到了《论语·先进》篇中子路、曾皙、冉有、公西华侍坐的故事：

子路、曾皙、冉由、公西华侍坐。

①［日］井上靖：《孔子》，《井上靖全集》（第二十二卷），东京：新潮社，1999年，第252页。

子曰："以吾一日长乎尔，毋吾以也。居则曰：'不吾知也！'如或知尔，则何以哉？"

子路率尔对曰："千乘之国，摄乎大国之间，加之以师旅，因之以饥馑；由也为之，比及三年，可使有勇，且知方也。"夫子哂之。

"求，尔何如？"

对曰："方六七十，如五六十，求也为之，比及三年，可使足民。如其礼乐，以俟君子。"

"赤，尔何如？"

对曰："非曰能之，愿学焉。宗庙之事，如会同，端章甫，愿为小相焉。"

"点，而何如？"

鼓瑟希，铿尔，舍瑟而作。对曰："异乎三子者之撰。"

曰："暮春者，春服既成，冠者五六人，童子六七人，浴乎沂，风乎舞雩，咏而归。"

子曰："何伤乎，亦各言其志也。"

夫子喟然叹曰："吾与点也！"

三子者出，曾皙后。曾皙曰："夫三子者之言何如？"

曰："为国以礼，其言不让，是故哂也。""唯求则非

帮也与？""安见方六七十如五六十而非帮也者？""唯赤
则非帮也与？""宗庙会同，非诸侯而何？赤也为之小，
孰能为之大？"

虽然，作者在小说中以赞赏的笔触描绘了孔子对周朝文
化的景仰之情。但却没有认识到曾皙所言"暮春者，春服既
成，冠者五六人，童子六七人，浴乎沂，风乎舞雩，咏而归。"
与"周监于二代，郁郁乎文哉！吾从周"两句话之间的内在
联系。孔子是儒家学说的创始人，其社会思想一言以蔽之就
是"归于维持周代的封建制度"。孔子对周朝的景仰，并不
仅仅因为周朝繁荣的文化，更重要的是周朝的封建政治制度。
"礼""乐"正是这种封建制度的外在形式。"在如何维持
上，孔子反对从前的权利服从关系而强调以道德为基础的教
化关系。"这就是说，孔子反对用武力维持的高压统治，赞
成以个人道德修为为基础的"德治"。民与民、官与民之间
的和谐共融就是孔子学说的"仁"。概括来说，"礼"是周
朝封建制度的外在形式，"仁"是平等基础上的道德。在孔
子看来把这两者统一起来就能维持社会秩序、维护国家和平。
关于这一点，与井上靖同时期的日本中国学学者吉川幸次郎
在《中国的智慧》一文中也予以了肯定。由此可见，井上靖

在作品中并没有充分认识到"仁"与"礼"的关系，这不能
不说是一件憾事。

三、"逝者如斯夫"

　　井上靖在自传《春》中这样写道："'逝者如斯夫'这句话，
在读小学的时候就记住了。幼年时立足河畔，脑海里总是浮
现出这句话。每当置身于河畔，都被相同的感慨所打动。"①
在自传体小说《北方的海》中，他提到了这句话对中学时自
己的影响，并连续三次引用。中学毕业的洪作没能考上高中，
但又不愿回家，留在中学附近，整日和一群顽皮的伙伴参加
母校练武场的柔道训练，丝毫不为前途着想。这时，化学老
师宇田关心他，帮助他，并用《论语》中的这句话引导他。
"河水悠悠，逝者如斯夫——知道这句话吗？"②少年时期
的井上靖当然难以完全明白其中的深刻含义，但这句话却在

---

① ［日］井上靖：《春》，《井上靖全集》（别卷），东京：新潮社，
1999 年，第 441 页。
② ［日］井上靖：《北方的海》，陈奕国译，长沙：湖南人民出版社，
1983 年，第 47 页。

他脑海里留下了深刻的印象。井上靖为何如此钟情于《论语》中这句富有哲理却又极具矛盾性的话呢？事实上，对这句话感兴趣的日本人并非少数，吉川幸次郎就说过《论语》中他最喜欢的就是这句话。这句话之所以能够得到许多人的青睐，不仅在于它所寄寓的对人生的感慨与咏叹，更在于对这句话的理解的矛盾性。

1966 年，井上靖与吉川幸次郎在一次座谈上谈到了对这句话的理解。吉川幸次郎认为有两种解释，"一种是世界在发展，其最好的象征就是江河中的水。历史在不断地发展，这样，人类就必须不断地努力；而另一种解释却截然不同，逝去的一切，犹如江河中的流水，完全埋没在往昔之中"。[①]井上靖对这两种解释深有同感，并认为后一种解释代表了日本人的观点。井上靖的这种理解也许并不符合《论语》的原意，但它却有着深厚的社会历史文化背景，符合日本传统文化的特征。日本在镰仓、室町时代，由于社会秩序崩溃，战乱频发，一些贵族知识分子感到茫然失措，从而产生了一种无常的思想。鸭长明的《方丈记》和吉田兼好的《徒然草》等随笔，

---

① 周发祥编：《中外比较文学译文集》，北京：中国文联出版公司1988 年，第 329 页。

始终贯穿的就是这种尘世无常的思想。《平家物语》也极力宣扬"万事变幻无常",世间的一切"恰似春宵梦一场"的虚无观点。井上靖正是在这种无常观的影响下接受、理解"逝者如斯夫"这句话。对这句话的理解深深影响了他对人生的看法,并具体体现在他创作的一系列作品之中。

如前所述,《异域人》中的班超,苦心经营西域三十余年,时过境迁,转瞬即空。《苍狼》中的成吉思汗身经百战,建立赫赫功业,身死之后却连葬身之处也难以寻觅。在这些作品中,个人的奋斗、个人的命运,在历史的长河中显得是那样地短暂、无常。而在《楼兰》中作者更是将这种虚无感扩大到一个民族、一个国家。在历史的长河中,一个国家,一个民族不过是过眼烟云而已。矶田光一指出"从《天平之甍》开始的井上靖的历史小说,包括《敦煌》《楼兰》在内,作品的主人公好像不是具体人物,而是时光和命运"。[1]福田宏年也认为"井上靖的文学无疑是基于这样一种咏叹与感慨——人生如同河流般昼夜不息地流淌着。《天平之甍》《楼兰》《敦煌》《风涛》和《俄罗斯国醉梦谭》等作品都是建

---

[1] [日]松原新一、矶田光一,等:《战后日本文学史·年表》,罗传开等译,上海:上海译文出版社,1983年,第422页。

立在这样的主题之上的，即相对于悠久的历史而言，人生是多么地渺小与短暂"。①

井上靖在这些作品中，将个人的奋斗、个人的功绩置于历史的长河之中，表达出一种虚无的思想。但在其他一些作品中也表露出对个人功绩的肯定，以及个人行为在历史发展中的作用的认同，从而表现出一种矛盾与困惑的人生态度。这也正是贯穿于井上靖文学主轴的白色河床中的"遁世态势"和"行动态势"相互交织的体现。《敦煌》"以叙事诗般的语言描写了人世的变幻无常"。②主人公赵行德是作者为解开敦煌文物之谜而虚构的角色。这是一个只追求行动的"人生的斗士"，作者通过对他所保存的敦煌文物价值的肯定，充分肯定了他在历史发展中的作用。后期作品《化石》也同样表现出作者对人生矛盾与困惑的态度。

《化石》实际上以"逝者如斯夫"这句话作为小说的主题。主人公一鬼太治平得知自己身患癌症后，漫步于布列塔

① ［日］福田宏年：《井上靖評覚伝》，东京：集英社，1991 年，第319 页。

② ［日］松原新一、矶田光一，等：《战后日本文学史·年表》，罗传开，等译，上海：上海译文出版社，1983 年，第 423 页。

尼森林，远眺暮色中的塞纳河畔，中学时代曾熟读过的《论语》中的一句话顿时浮上心头。"逝者如斯夫，不舍昼夜"，人生短暂无常的感觉强烈地占据了一鬼的心，他多么希望人生能够像河流一样时时刻刻、不分昼夜地奔流不息。这种感觉构成了作品的主旋律。从巴黎回到东京，头脑中充满了这种虚无感。在东京化石壁前，浮现于他脑海中的仍是这种感觉。作品一方面充分渲染了主人公的人生虚无感；另一方面又让主人公与病魔做积极的斗争。对人生虚无的感叹中掺杂着对积极的思考。井上靖在这部作品中也表达了同样的想法。创作这部作品时井上靖怀疑自己患了癌症，在创作过程中不断思考《论语》中那些充满哲理的思想，这些深刻的思想成为支撑他战胜病魔的支柱。福田宏年认为"井上靖并非置身于作品世界之外，而是作为自身的问题在思索"。①《化石》中的一鬼虽然勇敢地与死神进行着战斗，但是从中仍然可以看出井上靖作品中一直存在的虚无感。

但是，在封笔之作《孔子》中，井上靖舍弃了这种虚无感慨，明确地表达出一种对未来寄予希望的积极态度。晚年

---

① ［日］福田宏年：《井上靖評觉伝》，东京：集英社，1991年，第315页。

的井上靖为了创作《孔子》，投入大量时间与精力钻研《论语》及相关著作，力图接近孔子思想的内核，对人生的思考也转向了积极的一面。对"子在川上曰：逝者如斯夫，不舍昼夜"的理解不再只是传统的日本式理解，对人生的思考也由此转向了以孔子为代表的儒家思想中积极入世的一面。

"逝者如斯夫"这句话第一次出现在《孔子》中，是在蔫姜追溯孔子葬礼结束的当天。蔫姜虽不清楚这句话是孔子流浪于陈蔡抑或滞留于卫国之时的兴叹，但却认定是伫立于水流丰沛的河岸时发出的感慨。单是流浪于陈蔡期间，孔子就曾伫立颖水、汝水、淮水等世人所熟知的几条大河的岸边。"逝者如斯夫，不舍昼夜"的感叹应是源自这几条大河水的某一河岸。蔫姜自幼父母见背，又因迁都州来，复与众多亲属分手。虽说自幼习惯于别离，但此番于短短的时间内，相继与可视之为父的师尊孔子、视之为兄长的颜回、子路永别。茫然站在河岸的蔫姜，回忆接二连三发生的生死诀别，从中领悟到了全然不同的东西——"生存的力量"。于是，决心重新打起精神，坚强地、安稳地、一步一步地往前走下去。河水时时刻刻在流动，不停地流动，漫长的流程中或许有许许多多的徘徊，最终还是激流而下，流注大海。人生之流亦复如此。父、子、孙，代代更替犹若河流，其间有纷争战乱之世，亦有天灾人祸之时，然而，人生之流如同河流，汇集各种各样的支流，逐渐壮大，最终朝着大海奔流而去。

过去的一切如同这大河的流水，昼夜不息，人的一生、一个时代、人类所创造的历史也都奔流而去，永不停止。这样每时每刻变化流逝的现象弥漫着难以言状的寂寞的氛围。河水奔流不息，注入大海，与此相同，人创造的人类历史也和人类自古梦寐以求的和平社会的实现注定地维系在一起，不可能不联结一起。①

孔子一定是基于这种心理，才有"逝者如斯夫，不舍昼夜"的感慨。这种积极的解释在小说《孔子》中得到反复论证。作者对孔子的所作所为充满了敬仰之情，认为"孔子的魅力在于对正确事物倾注的热情，在于对拯救不幸的人们，所具有的执着"②。认为孔子所追求的那个美好的世界必将到来。

1975 年，井上靖从广州经武汉去北京，在经过武汉长江

---

① 郑民钦主编：《井上靖文集》（第一卷），合肥：安徽文艺出版社，1998 年，第 244 页。

② 同上，第 238 页。

大桥时，初次看到扬子江的流水，真正领略到了中国大陆的广袤。于是感慨道：

在这自古以来，就不停流动着的大河之畔，如今那细微的生活活动与太古时代相比仍是一成不变。如此看来，扬子江的流水就成了一种悠久历史的象征。同样是黄土的流动，却已经不能再单单看作黄土的流动。正如这种流动自太古以来就不曾间断过一样，在这江岸，人类的营生也自太古以来就不曾间断过。

在扬子江的岸边，井上靖看到了一群妇女满手通红地在洗坛子。井上靖希望自己也能像她们那样，满手通红地做自己的文章。希望自己能在一种随时都能触摸到"永恒"的环境中工作。相信永恒，相信人类，相信人类所创造的社会，——这种想法时常涌入渐近晚年的井上靖的心头。

小说《孔子》正式发表的 15 年前，井上靖曾就"逝者如斯夫"这句话写过一篇随笔："每一次想起这句话，都会多少有些不同的体会。……失意的时候，感到人生无常地流转；得意的时候，感到人生无限的动力。之所以常常想起这句话，就是因为它的内涵随着人生境遇的不同而不同。"《孔子》正式发表的 3 年前，井上靖再次就此写了一篇随笔。"孔子的'逝者如斯夫'，每一个时代，都有些许不同的诠释，这正是孔子最伟大的地方。我是在核时代接受孔子思想的，但我认为孔子的'逝者如斯夫'的底蕴是：无论在什么时代，都要相信人类，相信人类创造出的历史。如果没有这样的信任，我们就不能坦然迈进 21 世纪，2500 年前的孔子思想也不会延续至今。"相信人类历史的"人生肯定论"和蔫姜的孔子观是一致的。

公元前 651 年，黄河流域五个国家的当权者召开了葵丘会议，盟约不以黄河水为武器，为了本国利益任意改变堤坝。孔子就是在那一年诞生的，春秋战国，群雄四起，天下大乱。孔子希望混乱的社会能够安定，并创建一个能够使庶民百姓感到幸福的社会。基于这种思想，他提出了"仁道"。"仁"阐明的是人的本质，人与人之间的关系以及人生的价值与意义，是孔子思想的核心，也是孔子哲学思想的精髓。"仁"的主旨在"爱人"，"己欲立而立人，己欲达而达人"。主张恢复人与人之间的秩序，确立父父子子的关系，从生活、家庭方面确定人的道德观念。政治家必须把"仁"融进政治，从政者抱仁爱之心，施行仁政，扩大到整个社会，"博施于民而能济众"。在那样的时代，孔子就认为，只要相信人类，总有一天会建立起和平的理想社会。"建立和平的理想社会"正是渐入人生佳境的井上靖一直思考的问题。

　　1984年国际笔会东京大会的中心议题是《核时代的文学——我们为什么写作》。井上靖在会议的开幕式上代表日本笔会致开幕词，他在开幕词中说：

　　作为一个核时代的文学家，中国古书《孟子》中所记载的2600年前召开的葵丘会议强烈地震撼着我的心。……去年12月，我到了距河南省的古都东面一百公里的小村葵丘。那是个桐树环绕的小小的、美丽的山岗。我到葵丘，是为了向2600年前的会议表示敬意。这古代的事件，使我相信人类，相信人类创造的历史。作为一个文学家，我对此坚信不疑。世界上经历过多次战争灾难的人们，有了一个共同的认识：追求个人幸福的时代已经结束了，没有他人的幸福，怎么能有自己的幸福？只追求自己国家和平繁荣的时代已经结束了，没有他国的和平繁荣，怎么能有自己国家的和平繁荣？

　　通过其在会议上所做的主题发言，井上靖进而表示：

在漫长的人类历史中，当今时代的特点是处于核的情况下，可以称之为核时代。因此，当代的文学只能是核时代的文学。在这种形势下，我们生在同一时代的文学家以及手里握着笔的时代的观察家和记录者，现在必须认真地思考人类的理想，真诚地讨论现代社会和人类的未来。只有这种讨论，才能加深民族间的相互理解，大大培养民族的协调和友爱。我坚信，"核时代的文学"应当是当代文学家经常扪心自问的首要命题。世界上经历过多次战争灾难的人们，有了一个共同的认识：追求个人幸福的时代已经结束了，没有他人的幸福，怎么能有自己的幸福？只追求自己国家和平繁荣的时代已经结束了，没有他国的和平繁荣，怎么能有自己国家的和平繁荣？现在，地球上的人们终于有了这一共同的认识。心平气和地扪心自问的时候，谁能反对这共存共荣的哲学呢？懂得这个道理，人类经历了几千年漫长的岁月。但是现在世界上的人们总算是明白了。目前的问题是，这一被世界上大多数人接受的真理，什么时候、以怎样的形式变成现实。现在，地球上战火不断，人间的不幸接踵而来。但人类发现的真理总有一天、以某种形式实现的。葵丘是中国河南省黄河边上的一个山岗。公元前651年，黄河流域的五个国家的当权者，在葵丘召开了一个关于黄河的会议。会议规定不破坏黄河的堤坝，不根据本国的利益改变堤坝。与会者在祭坛前盟誓，绝不使黄河水流入邻国，绝不使用黄河水作为攻击别国的武器。当时，这种盟约仪式一般要以动物为牺牲，啜歃血盟约，但葵丘之会没有举行这种威严的仪式，只是在祭坛上摆着写着各自名字的纸片。据说在过去的三千年中，黄河泛滥了二千次；也有的说在过去的二千年中黄河泛滥了三千次。有的时代有记录，有的时代没有记录，正确的数字不得而知。甚至有这样的说法，治黄河者可以治天下，大兴治水工程，变害为利。这样一条河流，在2600年前葵丘会议的时候具有何等巨大的威力是难以想象的。用黄河水淹没河畔二三个国家是轻而易举之事。但在那个时代，却能召开葵丘会议。更难能可贵的是，盟约在天下大乱，国与国之间相互争雄称霸的春秋战国时代五百年间，并没有打破。这古代的事件，使我相信人类，相信人类创造的历史。去年12月，我到了距河南省的古都东面一百公里的小村葵丘。那是个桐树环绕的小小的，美丽的山岗。我到葵丘，是为了向2600年前的会议表示敬意。

关于长篇小说《孔子》的创作思想及其体验，井上靖在访问中国回答中国记者提问时曾作如是说："在《孔子》最后一章中，有关故乡灯火和葵丘会议的议论，能唤起读者对现代社会的感慨和对未来的憧憬，书中确实融进了我对当今世界的进言和期待。虽然时隔二千五百多年，孔子的许多话好像就是对当代人说的。以孔子儒家学说为核心的中国传统文化是宝贵的文化遗产，也是全世界的宝贵精神财富。吸收继承传统文化中的精神营养并身体力行，有利于尽早实现《孔子》书中所希望的'融洽的人类社会、和平的国家关系、一个光明的世界'。"①

---

① 于青：《耳顺迷〈论语〉著〈孔子〉》，载《人民日报》1989 年 11 月 23 日。

第六章

井上靖对战争的文学反思

一、《猜想井上靖的笔记本》

中国作家铁凝曾于 2007 年撰写《猜想井上靖的笔记本》[1]一文，探讨日本作家井上靖 1937 年在石家庄的四个月做过什么，又是否对这段经历有过讲述和记录。文中提到她于 2005 年初秋，收到日本中国文化交流协会寄自东京的新一期《日中文化交流》会刊，随刊寄来的还有一本关于日本著名作家井上靖文学生平的纪念册，册内一张照片上，井上靖身着日军黄呢大衣，拍摄时间为 1937 年 11 月 25 日，地点为石家庄野战预备医院。作家铁凝由此第一次知道以热爱中国历史文化而闻名，并大量取材中国历史进行创作的著名作家井上靖

[1] 刊载于《人民日报》2007 年 6 月 12 日

竟然曾是当年侵华日军的一员。她进一步写道，这是自己没有听说过的一个事实，也是很多喜欢井上靖的中国读者并不了解的一段历史。实际上，中国学界很早就开始关注井上靖及其文学作品，早在 1962 年《世界文学》便刊出了梅韬翻译的井上靖短篇小说《核桃林》；其后，1963 年作家出版社出版了楼适夷翻译的历史小说《天平之甍》全译本；1977 年人民文学出版社出版了唐月梅翻译的《井上靖小说选》。由此，中国出现了一个井上靖文学作品翻译高潮。截止到作家铁凝第一次知道井上靖曾为侵华日军的一员的 2005 年，井上靖的文学作品不断被翻译介绍到中国，其中就包含中国题材历史小说，这类题材的作品甚至出现了多种译本，译本的质量也很高，1990 年安徽人民出版社出版的郑民钦主编的《井上靖文集》曾获得全国优秀外国图书二等奖。值得注意的是，几乎所有的中文译本都附有原著者井上靖的简介，内容大致为作者的自然状况、主要代表作品、获奖情况等，并且对井上靖于 20 世纪 80 年代在中日友好方面所做的贡献给予肯定性的评价，但确实都没有介绍井上靖曾为侵华日军的一员之事。究其原因，其一，笔者认为这大概与翻译介绍井上靖文学作品的历史时期有一定关系。前文提到的井上靖文学作品翻译高潮出现在 20 世纪 80 年代，这个时期在中日交流关系史上被称为"蜜月期",并且,井上靖从 1980 年起担任日本中国文化交流协会会长,且任期长达十年。同时,井上靖创作了大量中国题材历史小说,对传播中国文化有着一定贡献,因此,在这个时期提及其战争期间的经历,似乎有些不合时宜。另外,也许是井上靖战场经历短暂的缘故,井上靖并没有像其他战后派作家那样创作出以战争经历和战争感受为素材的鸿篇巨制,直接描写战争感受的文学作品仅有数篇随笔、散文诗,但这部分内容的作品目前并没有被翻译介绍到中国。大概出于这两方面原因,一般的翻译家在介绍井上靖情况时没有提及其战争经历。因此,包括作家铁凝在内的多数中国读者都不曾了解井上靖的这一段历史。此外,井上靖对战争进行的文学反思这部分内容,目前,国内的研究还不够充分,所以,也没有引起一定的关注。

铁凝在文章中进一步提出一个问题,即井上靖是否"对 1937 年自己的那段中国经历有过讲述和记录,如果有,是以何种方式,又在哪里?"在一番了解之后,铁凝表示自己一无所获,并认定井上靖的确没有关于这段经历的公开的文字,由此开始质疑"一个如此热爱中国书写中国的作家该不会真的对那段历史采取虚无主义态度吧?"然而,事实上,井上靖并没有对那段历史采取虚无主义态度。作品对于作家的作用，正如武器之于士兵，对于作为作家的井上靖而言，通过所创作的文学作品来讲述自己的那段中国经历，表达自己对战争的反思，也许是最好的方式。

井上靖在其作品中不仅没有刻意隐瞒自己的从军经历，还经常在随笔里提到那段往事。井上靖在随笔《难以忘却的人》中"两个不知姓名的士兵"一节里讲述了自己刚到中国大陆时的情景，到达当日，马上就开始高强度持续行军，在河北省丰台站下火车后，当晚夜宿车站附近的荒野。翌日，从河北沿京汉线南下，日行约三十公里，大约是从丰台出发的第十天，井上靖发现在行军过程中丢失了枪栓，慌忙沿原路返回找寻，最终无果而返。另外，井上靖在其随笔《二十年》（1957）中讲述了自己辗转到天津野战医院的往事。文章写道，自己手中的部队照片拍摄于 1937 年 12 月天津野战医院屋顶上。卢沟桥事变后，井上靖以辎重部队二等兵的身份应征入伍，并立即被派往中国大陆，在河北省境内行军四个月左右，战火硝烟未尽，到处都是人马尸首，但没有直接参加战斗。行军途中，井上靖罹患脚气病倒，一个雪天，在河北元氏井上靖只身离开部队前往后方，辗转石家庄、保定等地野战医院，最后到达照片上的天津野战医院。

在随笔《雪中的原野》（1974）中，作者具体描写在元

氏离开部队时的情景：……突然下达命令行军三日前往顺德，
这一天，华北下了这一年的第一场雪，四周的平原一夜之间
成了白色。二十天的驻扎生活，我在民家泥土房里铺上草席，
躺在上面，手、脚、脸都如同气球般鼓起。部队开拔的那日
清晨，我拿到军医开出送往后方的证明，因此，只有我留在
远离驻地的元氏县车站，在那里找辆从前线来的货车，前往
后方石家庄野战医院。我随同部队行军 30 多分钟，到达元氏
县车站后，在那里与部队分开。车站里有两名步兵，对他们
来说，我一定是个很多余的负担。两名步兵在地上给我搭床
铺，我目送部队从被雪覆盖的站台走向皑皑白雪中的原野。
我第一次从第三者的角度注视自己所在的部队。部队行走在
广阔的雪地中央，看上去渺小而无力。队列如同一条长长的
锁链，在雪白的丘陵中起伏，一部分没入山丘，一部分从山
丘中涌出，不断延伸向远。我为自己被留在车站感到不安，
现在目送着部队感到另一种不安。[1] 实际上，井上靖所目送
的远去的部队不久全部战死，而井上靖一人拖着病弱的身体，
历经九死一生终于到达后方野战医院。这对于井上靖来说，

---

① 笔者自译。

一定是其人生最痛苦的经历之一。井上靖在其随笔《老兵》（1953）、《夕暮富士》（1974）等作品中，也回忆了自己在中国的这段战争经历。此外，还有以这些经历为原型进行的小说创作，如短篇小说《一个士兵的死》（1949年）、《枪声》（1951）、《无盖列车》（1951）等。

另外，井上靖经常在随笔里抒发自己有幸回国的感受，在随笔《我喜欢的一首短歌》（1969）、《富士之歌——难忘的归还兵之作》（1980）里，作者写自己在日本伊豆半岛天城山北麓一个山村里度过幼年、少年时代，对富士山有着亲人般的情感，战后不久，在《妇人杂志》投稿栏看到这样一首短歌：活着归国来，途中仰天呼哀哉，夕暮富士绕心怀。只看了一眼，这首短歌便深刻于内心深处，几十年来时常想起。之所以感动，之所以喜欢，是因为自己也是从中国回来的士兵，仰望富士山同样感慨万分。与此同时，井上靖也非常关注战后文学创作，在战后文艺作品推荐调查中，他推荐了丹羽文雄的《哭壁》、大冈升平的《俘虏记》、大佛次郎的《归乡》，大概是这几部作品能够引起同样有过从军经历的井上靖的共鸣。

铁凝在文章中还提到井上靖有个记录当时一切的笔记本，她拜托佐藤女士寻找，结果却没有找到。铁凝由此开始新的揣测："那个笔记本，它当真存在过吗？也许作为一个作家的井上靖，只是假想着它应该存在吧；而作为当年日军一名兵团的二等兵，它实在又'不便'存在。"实际上，井上靖在其随笔《作家笔记》①（1958）中提到过这个笔记本，"以辎重兵身份应征入伍，在中国北部与马匹一同行军时的事情，记录在两本每日新闻社社员笔记本上，字写得很小，必须用放大镜才能看清。笔记本保存至今，铅笔写的字迹虽然很淡，但还没到无法阅读的程度"。在《作家笔记》一文中，作家先是说每年一到正月就下决心要从这一年开始记日记，但一直没能坚持下来，虽然没能坚持记日记，但中学时代有一个笔记本，记录着当时的种种感想，将这样说不上是随想，也称说不上是日记的文章记录在笔记本上的习惯，一直断断续续地持续到现在。之后，作者就列举自己每个时期所记录的笔记本，前文提及的记录中国经历的笔记本也在其中。可见，这个笔记本确实存在，井上靖也没有刻意隐瞒这个笔记本。

---

① ［日］井上靖：《作家のノート》，《井上靖全集》（第二十四卷），东京：新潮社，1999年，第489页。

二、《石庭》祭友

井上靖不仅在随笔里提及自己的战争经历，还不断以散文诗、随笔、对谈的形式撰文纪念在那场战争中阵亡的好友高安敬义，通过悼念亡友反思战争。于20世纪40年代、50年代、60年代、70年代、80年代，井上靖先后发表随笔《石庭》（1946）、《友人》（1946）、《生死之间》《人和风土》（1959）、《我的青春放浪》（1962）、《亡友高安敬义》（1965）、《东寺的讲堂和龙安寺的石庭》（1971），《对谈〈从诗到小说〉》（1975年），散文诗《手》（1982）、《再献给友人》（1983）等作品。1946年5月21日号《京都学园报纸》登载了井上靖两首悼念阵亡友人的散文诗，题目分别为《石庭》和《友人》。这两首散文诗是作者战后第一次公开发表的散文诗，具有特殊的创作意义。以日本京都龙安寺为题材的散文诗《石庭》诗文内容并没有直接与战争相关，只是副标题写着"献给故友高安敬义"，并附有很长的一篇附记介绍高安敬义。高安敬义毕业于京都大学哲学系，入伍前一直在洛北等持院专心从事创作，并留有两本诗集，是井上靖最为密切的友人，曾与井上靖共同创办杂志《圣餐》，在日本侵华战争末期（1943年11月）被征入伍，第二年（1944年5月）命丧中国河南省，时值 30 岁。1945 年 7 月，井上靖得知其死讯后，前往京都妙心寺，拜访当时的京都大学副教授久松真一，寻访龙安寺石庭。在随笔《生死之间》里，井上靖记录下这段经历：得知高安敬义死讯后，我请假休息，在空无一人的龙安寺石庭，一直和高安交谈。

井上靖笔下的龙安寺石庭位于日本京都，始建于 1450 年，呈长方形状，以白砂铺地，大小十五个石块分成五组分布其中。石庭是日本极具代表性的山水式庭院。关于石庭的设计者、建造年份以及设计构想，至今仍是未解之谜。石庭不仅是日本建筑史上的杰作，也多次作为日本文化意象，出现在很多文学作品中。作家志贺直哉曾在随笔《龙安寺的庭》中这样描述石庭："庭中并非没有一草一木。我们可以看到散布在渺茫大海中的座座岛屿，从那座座岛屿上则可以看到郁郁葱葱的森林。"[1] 室生犀星也曾为石庭作诗，"石头在发怒在闪耀，石头又重归安静。石头尖叫着要站起来。啊啊，

---

① ［日］志贺直哉：《志贺直哉全集》（第 7 卷），东京：岩波书店，1974 年，第 165 页。

石头正想着回到天上"。① 相对于这两位作家笔下的石庭，井上靖作品中的石庭却被赋予了更多的含义。井上靖在《东寺的讲堂和龙安寺的石庭》一文中，对其创作的散文诗《石庭》的内容进行了阐释，进一步说明自己大学时期就开始对石庭的设计者进行猜测。在其他的随笔和散文中，井上靖也多次探究石庭设计者的创作初衷。设计者仅仅使用石与砂，就构建出了具有独特风格的庭园。井上靖在文章中肯定了石庭的美，认为石庭是自己美学的启蒙。与石庭的相遇激发了井上靖对传统建筑美学的认识与兴趣。散文诗《石庭》前半部分大胆推测了设计者的创作意图、创作过程等，这些推测都是基于实际存在的石庭和石庭之美，因此显得合情合理，甚至让读者认为也许事实本就如此。这种大胆推测与严谨史据考证的结合，也是井上靖创作中国题材历史小说的一种创作方法。

井上靖与高安敬义相识于京都大学，先后入住龙安寺附近的公寓后，二人第一次进入龙安寺，与石庭相遇。井上靖在作品中多次提到石庭对他的心灵冲击，是命运的相遇而非

---

① ［日］室生犀星：《室生犀星全集》（第 6 卷），东京：新潮社，1966 年，第 455 页。

简单的参观。而在高安敬义搬入公寓前，井上靖曾无数次路
过龙安寺也听说过石庭的奇特之处，却对此不抱有任何兴趣。
其后，井上靖与高安敬义几乎每天傍晚都会去龙安寺的石庭。
傍晚时分，龙安寺内基本没有其他人，面对只属于他们两人
的石庭，井上靖和高安敬义一起欣赏石庭的独特布局，讨论
石庭的设计者和设计意图，感受石庭的落寞精神，一起感受
石庭的慰藉，一起感受石庭之美。井上靖在散文诗《石庭》
的注解中曾写道："这是我关于石庭的思考呢？还是 T 君关
于石庭的思考呢？这点弄不清楚。"① 与其说《石庭》这首
散文诗的灵感不知来自井上靖还是高安敬义，不如说这首散
文诗是井上靖与高安敬义共同创作的，井上靖只是用文字表
述了二人的思考。也就是说，二人对石庭的感悟是一致的。
二人在大学时代写诗时都经常使用"磊々"一词，即石块满
地堆积的意思。与石庭命运般的相遇后，二人在思考深度上
始终同步，一起构造了拥有落寞精神的石庭。

　　其后，井上靖多次悼念这位密友，"一想起这位朋友的
不幸，我的心至今还在作痛"。这位年轻朋友何以如此不幸？

---

① ［日］井上靖：《井上靖全集》（第二十五卷），东京：新潮社，
1999 年，第 52 页。

当然是战争带来的不幸。这不幸带给井上靖的也是刻骨铭心的痛。时隔三十余年后，井上靖再次撰文悼念亡友，《再献给友人》开篇如下：昭和十二年冬，我身着白衣从中国归来，你最先到名古屋陆军医院探望。你说，天不灭你，再踏故土。当时的我，对"天"一词感觉异样。时隔三年，你以一兵卒身份前往中国，但却没能再回故国。用你自己的话来说，天要灭你，无缘再踏故土……

亡友的无缘再踏故土，也让井上靖思考那些没能有幸回归故里的人在历史上的价值。井上靖所创作的中国题材历史小说《天平之甍》中有荣睿、普照、戒融、业行等僧人，《唐大和上东征传》的记载中确实有荣睿、普照二人，作者让这些历史上实际存在的人物出现在小说中，并让其肩负一定的历史使命；但作者同时也塑造了戒融、业行等并没有记载于历史的人物，并让其担负一定的使命。小说中，作者设计业行抄写大量的经书准备带回国，然后让其在回国途中沉入海底，致使其半生的努力都化为乌有。作者认为从古至今像业行这般为日本文化做出很大贡献，但却无缘名留史册的人并非少数，于是让他在小说中登场，以纪念这类人的存在。这些逝去的人无时无刻不在激励着活着的人，活着的人亦不断缅怀逝者，不断反省过往，包括战争。

三、对战争的文学反思

1938 年 1 月，井上靖从中国战场返回日本，退役后回到每日新闻社学艺部，开始长达十年之久的新闻记者工作。最初，井上靖担任宗教记者，负责佛教经典解说，一年后，转而负责执笔美术评论，发表了大量的诗评和画论。虽然这十年新闻记者时期是井上靖文学创作的空白期，但也可以说是其作家生涯的潜伏期和酝酿期，这十年的积累、沉淀、思考、孕育，使井上靖在登上文坛后很快创作出大量优秀的作品。这十年间，井上靖所思考的问题中也有关于战争的问题，特别是在其后创作的西域题材历史小说中体现出其对战争的思考。1949 年，井上靖创作的小说《斗牛》发表在《文学界》上，并获得创作文学奖。1950 年 2 月，荣获日本第 22 届芥川文学奖。由此，井上靖一举登上日本文坛，踏上了专业作家之路。同年 4 月，井上靖在《新潮》上发表其第一篇中国题材短篇历史小说《漆胡樽》。这篇短篇小说是以同名散文诗为原型进行创作的。1946 年秋，日本奈良正仓院举办宫廷用品展。井上靖作为每日新闻社学艺部的记者前去采访，看到名为漆胡樽的器具时，陷入了深深的思考：两千多年前西域的酒宴用具，怎么会收藏在日本古代宫廷的宝物库之中？

于是，井上靖开始展开想象，让漆胡樽回归西域沙漠，见证历史。让这个器具经历前汉盛期、后汉末期，最后于日本天平年间，由遣唐使带回日本，收藏于正仓院深处，直至1946年，才得以沐浴在秋天白色的阳光下。小说最后写道，考古学者户田龙英所讲的有关漆胡樽的故事，在某种意义上，也许就是他在中国所经历的前半生的记录。我们又何尝不可以将其理解为这是作者井上靖在大陆那四个月经历战争的内心感受的表白？如前所述，井上靖出生于北海道上川郡旭川町的军医世家，出生不足两月，韩国各地发生暴乱，父亲从军，并先后在旭川、东京、静冈、丰桥等地任职，之后，他五岁起便被寄养在毫无血缘关系的庶祖母那里，一直到小学六年级。少年时代也不得不离开父母，寄宿于伯母家中。因此，井上靖从小就体会到那种因为战争不得不与自家人分离的孤独和不安，也因此对战争始终保持着一种缄默的态度。在小说中，井上靖则从一个老婆婆的视角描写了战争带给人们的不安和恐慌。元嘉二年，一小吏经过某村落时，在一老婆婆家里发现漆胡樽。老婆婆的两个儿子被征兵离家。她年轻时，丈夫也曾多次被征兵，没有一次能够团圆两年的机会。白天老婆婆见到北上的士兵，心想里边也许会有自己的孩子，便在土墙前面站了整整一天，却并没有看见两个儿子中的任何一个，所有士兵经过之后，一种惶恐不安突然强烈地向她袭来，两个儿子会不会已经死了？正如见过的那些士兵的惨状，不知道倒在什么地方死掉了，老婆婆霎时觉得明亮的月光一下子都变成利刃，从四面八方向自己刺来。目睹老婆婆心绪变化的小吏便乘机偷走了漆胡樽。

其后，小说描写遣唐使将漆胡樽带回日本，其中有个名为大圣寺的师父，他虽入僧籍，但是身份卑贱。他自感自己不像其他留学僧和留学生那样担负着把万卷汉籍经典带回本国的重大使命，既不具备那样的热情，也不像其他随行人员那样期望着以新的知识取得荣誉和地位。他只带着一对漆胡樽。我们从这位师父的身上也能看到作家井上靖自身的痕迹。战时，井上靖虽然应征入伍，但身份是二等兵。另外，从井上靖对待战争散漫的态度来看，他对战争没有那样的热情，也许也不像其他士兵那样有着为天皇效忠的意识，更没有期望这段经历给自己带来荣誉和地位。这也许正是井上靖和其他参与过侵华战争的战后派作家的不同之处，也许也是井上靖没有直接以这段经历为素材进行创作的原因之一。但这并不意味着井上靖对那场战争没有思考，相反，或许让遣唐使中有着遁世倾向的师父带回那对象征西域的漆胡樽，也许正是井上靖想要通过西域象征物表明自己对战争的思考的一种方式。也许西域题材历史小说的创作是井上靖表达战争反思的最好方式。井上靖在与岩村忍合著的《西域》跋中曾提及其从高中时代就开始阅读西域方面的旅行记，一直始终不懈。在与日本中国学学者吉川幸次郎座谈"中国文学与日本文学"关系时井上靖也曾回忆说自己中学时代就受中国文化的影响，"并不是在课堂上，而是自然地深入其中，受到熏陶的"。①他还说："从学生时代起，就喜欢阅读有关西域的东西。不知从何时起，对处于西域入口处的敦煌附近的几个都邑，分别有了自己的印象。这些印象全是从书本上得来的，并且极其自然地在我心中产生了。""西域，这个词一直充满着未知、梦、谜、冒险之类的东西。在那个时代，我就想，能不能真的到西域去旅行呢？"②1937 年被征兵到中国的井上靖是第一次到自己心仪许久的国度，看到战争中满目疮痍的石家庄，井上靖的内心会是怎样的失望？中国古代文化的辉煌、西域地域的神秘、战争的残酷、书本和现实的差距……短短四个

---

① 周发祥编：《中外比较文学译文集》，北京：中国文联出版公司，1988 年，第 347 页。
② ［日］井上靖：《遺跡の旅・シルクロード》，东京：新潮文库，1986 年，第 260 页。

月的从军经历中，井上靖日夜思考的也许正是这些问题。思考的最终结果就是用自己长久以来魂牵梦萦的西域来表达自己的思考。1950年第一篇西域题材小说《漆胡樽》问世，井上靖成为日本战后文学中第一个写中国历史题材的小说家。山本健吉评价"由此可见，井上靖崭露头角就开始抒写向往西域的梦"[①]。到1989年井上靖绝笔之作《孔子》为止，井上靖几乎所有的中国题材历史小说都描写到了战争场景，并从中表现其对战争的思考。为什么选择历史小说的形式？井上靖也有自己的思考，他曾说自己"写历史小说的原因，是因为能够从日本或中国的历史人物中找出人类种种欲望的根源和极限"。

井上靖的绝笔之作《孔子》更是集中体现了他对战争的思考以及对和平的憧憬。井上靖在《致中国读者》一文中说"我晚至70读《论语》，为之倾倒"[②]。他还说："我深感《论语》中孔子对人生的见解力，神奇魅力的现代式语言中蕴藏着全部理想和感受。深深地打动着我们这些即将对人生进行

① ［日］井上靖：《井上靖西域小说选解说》，耿金声、王庆江译，乌鲁木齐：新疆人民出版社，1984年，第569页。
② ［日］井上靖：《致中国读者》，《人民日报》1990年3月2日。

总清算的老人的心。"①井上靖之前的中国题材历史小说几乎都没有现场取材，而是仅凭史料记载和作家才能进行创作。《孔子》是其唯一一部经过反复取材、确认后才进行创作的中国题材历史小说。井上靖决定以"孔子"为题材进行小说创作后，广泛收集国内外相关史料，全身心地研究有关孔子和《论语》的文献。然而，就在第一部分书稿交付出版社的当天，即 1986 年 9 月 29 日，井上靖被检查出患有食道癌，其后做了食道切除手术。也就是从那时起，井上靖真正领悟到孔子的"天命"思想。"最后，我已无能为力，只有听任'天命'的安排，……横躺在手术台上，任由麻药夺走意识。"②癌症手术之后的井上靖对"天命"的理解，决定了其后《孔子》创作的重心。手术恢复后的井上靖立即重新投入《孔子》的创作中。他立志在有限的生命里写出自己所理解的孔子。也就是说，在小说创作过程中，井上靖和天命的抗争与笔下的《孔子》命运同时展开。是"天命"中无法逃避的"死"先吞噬掉井上靖，还是井上靖抢先完成自己的绝笔之作《孔子》？在《孔子》创作的全过程中，他一直在与"天命"中

---

① ［日］井上靖：《致中国读者》，《人民日报》1990 年 3 月 2 日。
② ［日］井上靖：《和自己相会》，《朝日新闻晨报》1989 年 12 月 25 日。

注定的死亡竞争。"孔子毕生最伟大的业绩，产生于孔子生平最悲伤、最孤寂的时期，而正是这些悲伤、孤寂支撑着他。"①孔子周游列国回到久别的鲁都后，将自己整个生涯的积累集中于讲学授业。然而，在一切开始走向正轨的时候，集孔子所有期待于一身的爱子——鲤（伯鱼）却撒手人寰；两年后，孔子认为最好学的爱徒颜回因贫穷而逝；另一爱徒子路也相继身亡。正是在这最悲伤、最孤寂的时期，孔子完成了他的讲学大业。同样地，对井上靖而言，《孔子》是其作家生涯的顶峰之作，也是其在意识到自己生命尽头来临之际，将自己的身、心，乃至生命融入笔端，抒写出的超越生死的无悔之作。从这个意义上说绝笔之作《孔子》可以看作作家井上靖小说形式的遗书。

小说《孔子》正式发表的 15 年前，井上靖曾就"逝者如斯夫"这句话写过一篇随笔："每一次想起这句话，都会多少有些不同的体会。……失意的时候，感到人生无常的流转；得意的时候，感到人生无限的动力。之所以常常想起这句话，就是因为它的内涵随着人生境遇的不同而不同。"《孔

---

① ［日］井上靖：《孔子》，《井上靖全集》（第二十二卷），东京：新潮社，1999 年，第 299 页。

子》正式发表的 3 年前，井上靖再次就此写了一篇随笔。"孔子的'逝者如斯夫'，每一个时代，都有些许不同的诠释，这正是孔子最伟大的地方。我是在核时代接受孔子思想的，但我认为孔子的'逝者如斯夫'的底蕴是：无论在什么时代，都要相信人类，相信人类创造出的历史。如果没有这样的信任，我们就不能坦然迈进 21 世纪，2500 年前的孔子思想也不会延续至今"。

公元前 651 年，黄河流域五个国家的当权者召开了葵丘会议，约定不以黄河水为武器，不为本国利益任意改变堤坝。孔子就是在那一年诞生的，春秋战国，群雄四起。孔子希望混乱的社会能够安定，并创建一个能够使庶民百姓感到幸福的社会。基于这种思想，他提出了"仁道"。"仁"阐明的是人的本质，人与人之间的关系以及人生的价值与意义，是孔子思想的核心，也是孔子哲学思想的精髓。"仁"的主旨在"爱人"，"己欲立而立人，己欲达而达人"。主张恢复人与人之间的秩序，确立父父子子的关系，从生活、家庭方面确定人的道德观念。政治家必须把"仁"融进政治，从政者抱仁爱之心，施行仁政，扩大到整个社会，"博施于民而能济众"。在那样的时代，孔子就认为，只要相信人类，总有一天会建立起和平的理想社会。"建立和平的理想社会"

正是渐入人生佳境的井上靖一直思考的问题，亦是他对战争的反思。

另外，1984 年，井上靖在国际笔会东京大会致开幕词时说：作为一个核时代的文学家，中国古书《孟子》中所记载的 2600 年前召开的葵丘会议强烈地震撼着我的心。……去年 12 月，我到了距河南省的古都东面一百公里的小村葵丘。那是个桐树环绕的小小的、美丽的山岗。我到葵丘，是为了向 2600 年前的会议表示敬意。这古代的事件，使我相信人类，相信人类创造的历史。作为一个文学家，我对此坚信不疑。世界上经历过多次战争灾难的人们，有了一个共同的认识：追求个人幸福的时代已经结束了，没有他人的幸福，怎么能有自己的幸福？只追求自己国家的和平繁荣的时代已经结束了，没有他国的和平繁荣，怎么能有自己国家的和平繁荣？

井上靖在回答中国记者提问时曾说道："在《孔子》最后一章中，有关故乡灯火和葵丘会议的议论，能唤起读者对现代社会的感慨和对未来的憧憬，书中确实融进了我对当今世界的进言和期待。虽然时隔二千五百多年，孔子的许多话好像就是对当代人说的。以孔子儒家学说为核心的中国传统文化是宝贵的文化遗产，也是全世界的宝贵精神财富。吸收继承传统文化中的精神营养并身体力行，有利于尽早实现《孔子》书中所希望的'融洽的人类社会、和平的国家关系、一个光明的世界'。"①由此可见，井上靖的绝笔之作《孔子》更是集中体现了他对生命、对人类、对战争的思考，也表达了他深入反思之后对人类社会的希翼。

---

① 于青：《耳顺迷〈论语〉著〈孔子〉》，《人民日报》1989 年 11 月 23 日。

参考文献

中文部分:

1　[美]克林斯·布鲁克斯,罗伯特·潘·华伦.小说鉴赏[M].

　　主万,等,译.北京:中国青年出社,1986.

2　[奥]西格蒙德·弗洛伊德.弗洛伊德美文选[M].张唤民,

　　等,译.北京:知识出版社,1987.

3　[英]特里·伊格尔顿.二十世纪西方文学理论 [M].

　　伍晓明,译.西安:陕西师范大学,1987.

4　[美]W.C.布斯.小说修辞学[M].华明,等,译. 北京:

北京大学出版社，1987.

5　［美］伊恩·P.瓦特.小说的兴起［M］.高原，董红钧，译.北京：三联书店，1992.

6　［美］贝拉.德川宗教：现代日本的文化渊源［M］.北京：三联书店，1998.

7　［美］勒内·韦勒克.批评的概念［M］.张金言，译.北京：北京中国美术学院出版社，1999.

8　［美］柯文.历史三调［M］.南京：江苏人民出版社，2000.

9　［美］夏志清.文学的前途［M］.上海：三联书店，2002.

10　［英］马克·柯里.后现代叙事理论［M］.宁一中，译.北京：北京大学出版社，2003.

11　［英］拉曼·塞尔登.文学批评理论——从柏拉图［M］.刘象愚，等，译.北京：北京大学出版社，2003.

12　［美］M.H.艾布拉姆斯.镜与灯——浪漫主义文论及批评传统［M］.郦稚牛，等，译.北京：北京大学出版社，2004.

13　［美］宇文所安.中国"中世纪"的终结［M］.上海：三联书店，2004.

14　[美]詹姆斯·费伦.作为修辞的叙事[M].陈永国，译.北京：北京大学出版社，2005.

15　[美]鲁思·本尼迪克特.菊与刀[M].吕万和，等，译.北京：商务印书馆，2005.

16　[美]哈罗德·布鲁姆.西方正典[M].江宁康，译.北京：译林出版社，2005.

17　[美]弗拉基米尔·纳博科夫.文学讲稿[M].申慧辉，译.上海：三联书店，2005.

18　[美]夏志清.新文学的传统[M].北京：新星出版社，2005.

19　[美]夏志清.中国现代小说史[M].上海：复旦大学出版社，2005.

20　[美]勒内·韦勒克，奥斯汀·沃伦.文学理论[M].刘象愚，等，译.南京：江苏教育出版社，2005.

21　[意]安贝托·艾柯.悠然小说林[M].俞冰夏，译.北京：三联书店，2005.

22　[意]安贝托·艾柯.诠释与过度诠释[M].王宇根，译.北京：三联书店，2005.

23　[德]艾田伯.比较文学之道：艾田伯文化论集[M].胡玉龙，译.北京：三联书店，2006.

24 ［日］青木乙儿 . 中国文学与日本文学［M］. 梁盛志，译 . 北京：国立华北编译馆，1942.

25 ［日］实藤惠秀 . 中国人留学日本史［M］. 谭汝谦，等，译 . 上海：三联书店，1983.

26 ［日］铃木大拙，等 . 禅与艺术［M］. 徐进夫，译 . 哈尔滨：北方文艺出版社，1988.

27 ［日］铃木修次 . 中国文学与日本文学［M］. 福州：海峡文艺出版社，1989.

28 ［日］井上靖，等 . 日本人与日本文化［M］. 周世荣，译 . 北京：中国社会科学出版社，1991.

29 ［日］源了圆 . 日本文化与日本人性格的形成［M］. 郭连友，等，译 . 北京：北京出版社，1992.

30 ［日］加藤周一 . 日本文学史序说［M］. 叶渭渠，唐月梅，译 . 北京：开明出版社，1995.

31 ［日］千叶宣一 . 日本现代主义的比较文学研究［M］. 叶渭渠，编 . 北京：中国社会科学出版社，1997.

32 ［日］梅原猛 . 诸神流窜——论日本《古事记》［M］. 卞立强，赵琼，译 . 北京：经济日报出版社，1999.

33 ［日］柄谷行人 . 日本现代文学的起源［M］. 赵京华，译 . 北京：三联书店，2003.

34 [日]兴膳宏.中国古典文化景致[M].李寅生,译.北京:中华书局,2005.

35 叶渭渠.日本文学思潮史[M].北京:经济日报出版社,1997.

36 叶渭渠.物哀与幽玄——日本人的美意识[M].桂林:广西师范大学出版社,2002.

37 叶渭渠.日本文化史[M].桂林:广西师范大学出版社,2005.

38 叶渭渠.日本书明[M].北京:中国社会科学出版社,1999.

39 叶渭渠,唐月梅.日本文学史[M].北京:经济日报出版社,2000.

40 谢志宇.20世纪日本文学史——以小说为中心[M].杭州:浙江大学出版社,2005.

41 何德功.中日启蒙文学论[M].上海:东方出版社,1995.

42 王向远.中日现代文学比较论[M].长沙:湖南教育出版社,1998.

43 王向远.源头活水——日本当代历史小说与中国历史文化[M].银川:宁夏人民出版社,2006.

44 郑清茂.中国文学在日本[M].台北:台北纯文学出版社,
    1982.

45 周发祥.中外比较文学译文集[M].北京:中国文联
    出版公司,1988.

46 李德纯.战后日本文学[M].沈阳:辽宁人民出版社,
    1988.

47 严绍璗,中西进.中日文学交流史大系·文学卷[M].
    杭州:浙江人民出版社,1996.

48 蔡毅.中国传统文化在日本[M].北京:中华书局,
    2002.

49 王晓平.梅红樱粉——日本作家与中国文化[M].银川:
    宁夏人民出版社,2002.

50 方济安.选择·接受·转化——晚清至20世纪30年代
    初中国文学与日本文学关系[M].武汉:武汉大学出
    版社,2003.

51 董炳月."国民作家"的立场——中日现代文学关系研
    究[M].北京:三联书店,2006.

52 吴秀明.历史小说评论选[M].长沙:湖南人民出版社,
    1983.

53 张隆溪.比较文学论文集[M].北京:北京大学出版社,

1984.

54　周英雄.比较文学与小说诠释［M］.北京：北京大学
　　出版社，1990.

55　王安忆.纪实和虚构［M］.北京：人民文学出版社，
　　1993.

56　陈平原.中国小说叙事模式的转变［M］.北京：北京
　　大学出版社，2003.

57　盛宁.文学：鉴赏与思考［M］.上海：三联书店，
　　2003.

58　陈平原.小说史：理论与实践［M］.北京：北京大学
　　出版社，2005.

59　申丹.叙述学与小说文体学研究［M］.北京：北京大
　　学出版社，2005.

60　靳凤林.死，而后生——死亡现象学视阈中的生存伦理
　　［M］.北京：人民出版社，2005.

61　申丹，等.英美小说叙事理论研究［M］.北京：北京
　　大学出版社，2005.

62　张德礼.二月河历史叙事的文化审美建构［M］.北京：
　　人民出版社，2005.

63　马振方.在历史与虚构之间［M］.北京：北京大学出版社，

2006.

64 王青.西域文化影响下的中古小说［M］.北京：中国
社会科学出版社，2006.

65 施津菊.中国当代文学的死亡叙事与审美［M］.北京：
中国社会科学出版社，2007.

66 王向远.中国题材日本文学史［M］.上海：上海古籍
出版社，2007.

67 冯承钧.成吉思汗传［M］.北京：商务印书馆，1934.

68 （明）宋濂.元史［M］.北京：中华书局，1976.

69 道润梯步，译注.蒙古秘史［M］.呼和浩特：内蒙古
人民出版社，1979.

70 ［伊朗］志费尼.世界征服者史［M］.何高济，译.呼
和浩特：内蒙古人民出版社，1980.

71 ［日］小林高四郎.成吉思汗［M］.阿卡尔，译.呼
和浩特：内蒙古人民出版社，1982.

72 ［波斯］拉施特.史集［M］.北京：商务印书馆，
1983.

73 苏赫巴鲁.成吉思汗传说［M］.长春：吉林人民出版社，
1984.

74 黄时鉴.耶律楚材［M］.上海：上海人民出版社，

1986.

75 ［日］榎本舍三.成吉思汗［M］.巴图,译.呼和浩特:
民族出版社,1987.

76 ［法］勒内·格鲁塞.马上皇帝［M］.谭发瑜,译.石
家庄:河北人民出版社,1987.

77 ［法］勒内·格鲁塞.蒙古帝国史［M］.龚钺,译.北
京:商务印书馆,1989.

78 ［法］布鲁丁,［俄］伊万宁.大统帅成吉思汗兵略［M］.
都固尔扎布,巴图,译.呼和浩特:内蒙古人民出版社,
1991.

79 朱耀廷.成吉思汗全传［M］.北京:北京出版社,
1991.

80 ［法］勒内·格鲁塞.草原帝国［M］.蓝琪,译.北京:
商务印书馆,1995.

81 多桑蒙古史［M］.冯承钧,译.上海:上海书店出版社,
2004.

82 ［美］杰克·威泽弗德.成吉思汗与今日世界之形成［M］.
温海清,姚建根,译.重庆:重庆出版社,2006.

83 ［法］欧梅希克.蒙古苍狼［M］.桂林:广西师范大
学出版社,2006.

84 匡亚明.孔子评传［M］.南京：南京大学出版社，
   1985.

85 伍晓明.吾道一以贯之：重读孔子［M］.北京：北京
   大学出版社，2003.

86 杨朝明，修建军.孔子与孔门弟子研究［M］.济南：
   齐鲁书社，2004.

87 曲春礼.孔子传［M］.济南：山东友谊出版社，2006.

88 南怀瑾.论语别裁［M］.上海：复旦大学，2006.

89 傅佩荣.细说孔子［M］.上海：三联书店，2007.

日文部分:

1 井上靖.化石［M］.角川文庫，1966.

2 井上靖.歴史小説の周囲［M］.講談社，1973.

3 井上靖.わが母の記［M］.講談社，1975.

4 井上靖.わが文学の軌跡［M］.中央公論社，1977.

5 井上靖.天平の甍［M］.中央公論社，1977.

6 井上靖.歴史の光と影［M］.講談社，1979.

7 井上靖.作家点描［M］.講談社，1981.

8. 井上靖.井上靖歴史小説集 1 卷 [M].岩波書店，1982.

9. 井上靖.井上靖歴史小説集 2 卷 [M].岩波書店，1982.

10 井上靖.井上靖歴史小説集 3 卷 [M].岩波書店，1982.

11 井上靖.井上靖歴史小説集 4 卷 [M].岩波書店，1982.

12 井上靖.井上靖歴史小説集 5 卷 [M].岩波書店，1982.

13 井上靖.井上靖歴史小説集 6 卷 [M].岩波書店，1982.

14 井上靖.井上靖歴史小説集 7 卷 [M].岩波書店，1982.

15 井上靖.井上靖歴史小説集 8 卷 [M].岩波書店，1982.

16 井上靖.井上靖歴史小説集 9 卷 [M].岩波書店，1982.

17 井上靖.井上靖歴史小説集 10 卷 [M].岩波書店，1982.

18 井上靖.井上靖歴史小説集 11 卷 [M].岩波書店，

1982.

19　井上靖．私の西域紀行上巻［M］．文藝春秋，1983．

20　井上靖．私の西域紀行下巻［M］．文藝春秋，1983．

21　井上靖．井上靖歴史紀行文集1巻［M］．岩波書店，
　　1992．

22　井上靖．井上靖歴史紀行文集2巻［M］．岩波書店，
　　1992．

23　井上靖．井上靖歴史紀行文集3巻［M］．岩波書店，
　　1992．

24　井上靖．井上靖歴史紀行文集4巻［M］．岩波書店，
　　1992．

25　井上靖．井上靖全集1巻［M］．新潮社，1995．

26　井上靖．井上靖全集2巻［M］．新潮社，1995．

27　井上靖．井上靖全集3巻［M］．新潮社，1995．

28　井上靖．井上靖全集4巻［M］．新潮社，1995．

29　井上靖．井上靖全集5巻［M］．新潮社，1995．

30　井上靖．井上靖全集6巻［M］．新潮社，1995．

31　井上靖．井上靖全集7巻［M］．新潮社，1995．

32　井上靖．井上靖全集8巻［M］．新潮社，1995．

33　井上靖．井上靖全集9巻［M］．新潮社，1995．

34 井上靖.井上靖全集 10 卷 [M].新潮社,1995.

35 井上靖.井上靖全集 11 卷 [M].新潮社,1995.

36 井上靖.井上靖全集 12 卷 [M].新潮社,1995.

37 井上靖.井上靖全集 13 卷 [M].新潮社,1995.

38 井上靖.井上靖全集 14 卷 [M].新潮社,1995.

39 井上靖.井上靖全集 15 卷 [M].新潮社,1995.

40 井上靖.井上靖全集 16 卷 [M].新潮社,1995.

41 井上靖.井上靖全集 17 卷 [M].新潮社,1995.

42 井上靖.井上靖全集 18 卷 [M].新潮社,1995.

43 井上靖.井上靖全集 19 卷 [M].新潮社,1995.

44 井上靖.井上靖全集 20 卷 [M].新潮社,1995.

45 井上靖.井上靖全集 21 卷 [M].新潮社,1995.

46 井上靖.井上靖全集 22 卷 [M].新潮社,1995.

47 井上靖.井上靖全集 23 卷 [M].新潮社,1995.

48 井上靖.井上靖全集 24 卷 [M].新潮社,1995.

49 井上靖.井上靖全集 25 卷 [M].新潮社,1995.

50 井上靖.井上靖全集 26 卷 [M].新潮社,1995.

51 井上靖.井上靖全集 27 卷 [M].新潮社,1995.

52 井上靖.井上靖全集 28 卷 [M].新潮社,1995.

53 井上靖.井上靖全集别卷 1 [M].新潮社,1995.

54 中野好夫.日本文学全集83——井上靖[M].集英社，1978.

55 井上靖.現代日本文学大系86——井上靖・永井龍男集[M].筑摩書房，1980.

56 伊藤整.日本現代文学全集102——井上靖・田宮虎彦集[M].講談社，1980.

57 伊藤整.日本現代文学全集33——丹羽文雄・井上靖集[M].講談社，1980.

58 曽根博義.鑑賞日本現代文学27——井上靖・福永武彦[M].角川書店，1985.

59 井伏鱒二.昭和文学全集10——井上靖[M].小学館，1987.

60 高橋英夫.群像日本の作家20——井上靖[M].小学館，1991.

61 曽根博義.新潮日本文学アルバム48——井上靖[M].新潮社，2000.

62 白神喜美子.花過ぎ井上靖覚え書[M].紅書房，1993.

63 宮嵜潤一.若き日の井上靖——詩人の出発[M].土曜美術社出版販売，1995.

64　福田宏年.井上靖の世界 [M].講談社，1972.

65　福田宏年.増補・井上靖評伝覚 [M].集英社，1991.

66　高木伸幸.井上靖研究序説・材料の意匠化の方法 [M].
　　武蔵野書房，2002.

67　山川泰夫.晩年の井上靖——『孔子の道』[M].求龍社，
　　1993.

68　武田勝彦.井上靖文学海外の評価 [M].楓林社，
　　1983.

69　村上嘉隆.井上靖の存在空間 [M].批評社，1980.

70　工藤茂.挽歌の系譜——井上靖の世界 [M].日験，
　　1983.

71　長谷川泉.井上靖研究 [M].南窓社，1974.

72　坂入公一.井上靖ノート [M].風書房，1978.

73　厳谷大四.井上靖文学語彙事典 [M].スタジオVIC，
　　1980.

74　大里恭三郎.井上靖と深沢七郎 [M].審美社，1984.

75　長谷川泉.近代名作鑑賞——井上靖 [M].至文堂，
　　1977.

76　上谷順三郎.現代小説の表現——井上靖 [M].教育
　　出版センター，1999.

77 奥野健男.奥野健男作家論集4——井上靖［M］.泰流
    社，1977.

78 那珂通世.成吉思汗実録［M］.大日本図書株式会社，
    1908.

79 番匠谷英一.楊貴妃——芸楽道場厳書第三編［M］.春
    陽堂，1922.

80 増井経夫.中国の歴史と民衆［M］.吉川弘文館，
    1933.

81 ルカチ.歴史文学論［M］.山村房次，訳.三笠書房，
    1938.

82 圭室締成.日本仏教論［M］.三笠書房，1939.

83 ラルソン.蒙古風俗誌［M］.高山洋吾，訳.改造社，
    1939.

84 外務省調査部.蒙古社会制度史［M］.生活社，1941.

85 小林高四郎.蒙古の秘史［M］.生活社，1941.

86 楊井克巳.匈奴研究史［M］.生活社，1942.

87 岩村忍.蒙古史雑考［M］.白林書房，1943.

88 小林高四郎.元朝秘史の研究［M］.日本学術振興会，
    1954.

89 瀧川鬼太郎.史記会注考証［M］.東京大学東洋文化

研究所，1960.

90　长谷川泉.近代日本文学批评史［M］.有精堂，1977.

91　加藤周一.加藤周一著作集［M］.平凡社，1978.

92　木村毅.小説研究十六講［M］.恒文社，1980.

93　吉田精一.近代文芸評論史［M］.至文堂，1980.

94　大久保典夫.現代文学研究事典［M］.東京堂，1983.

95　磯田光一.昭和作家論文集成［M］.新潮社，1985.

96　石井洋二郎.文学の思考［M］.東京大学出版会，
　　2000.

97　大岡昇平.花便り——成城だより［J］.文学界，
　　1980（6）.

98　熊木哲.研究資料現代日本文学2——井上靖［J］.明
　　治書院，1980（9）.

99　长谷川泉.井上靖氏の歴史小説［J］.日中文化交流，
　　1981（9）.

100　田大久保英夫.乱世の中の純化——井上靖『本覚坊
　　遺文』［J］.新潮，1982（2）.

101　磯田光一.乱世の生死のありか——井上靖『本覚坊
　　遺文』［J］.群像，1982（2）.

102　福田宏年.死にひそむエネルギー——井上靖著『本

覚坊遺文』[J].文学界，1982（2）.

103 大岡昇平.『愛する女であれ』——成城だよりⅡ5[J].
     文学界，1982（7）.

104 清岡卓行.井上靖の詩[J].文学界，1984（1）—（8）.

105 團伊玖磨.思いと語りかけと——井上靖『私の西域
     紀行』を読んで[J].日中文化交流，1984（3）.

106 野口富士男.感触的昭和文壇史20——昭和30年代
     以後（二）[J].文学界，1985（12）.

107 清岡卓行.井上靖の詩[J].文学界，1986（12）.

108 清岡卓行.井上靖の詩[J].文学界，1987（2）—（6）.

109 米田利昭.井上靖と益田勝実——『補陀落渡海記』
     とフダラク渡りの人々[J].文学界，1989（3）.

110 高橋英夫.合一と孤独の二重体験——井上靖『孔子』
     [J].群像，1989（11）.

111 于青.日本の著名な作家井上靖氏を訪ね[J].日中
     文化交流，1990（1）.

112 孫平化.井上靖先生宅を訪ねて[J].日中文化交流，
     1991（2）.

113 工藤茂.井上靖と中国仏教[J].国文学解釈と鑑賞，
     1990（12）.

114　井上靖.負函［J］.新潮，1991（4）.

115　井上卓也.グッドバイ、マイ·ゴッドファーザー父井上靖［J］.文芸春秋，1991年特別号.

116　巴金.井上靖先生を偲ぶ［J］.日中文化交流，1991（4）.

117　辻邦生.追悼井上靖――詩と物語の間［J］.中央公論，1991（4）.

118　林林.井上靖先生は永遠に私たちとともに在る［J］.日中文化交流，1991（5）.

119　杜宣.悼井上靖先生［J］.日中文化交流，1991（5）.

120　冰心.安らかにお眠りなさい――井上靖先生を偲んで［J］.日中文化交流，1991（6）.

121　中西進.井上靖『天平の甍』［J］.国文学解釈と鑑賞，1992（10）.

122　井上靖の世界［J］.国文学解釈と鑑賞，1987（12）

123　井上靖――詩と物語の饗宴［J］.国文学解釈と鑑賞，1996（12）.

124　井上靖研究第2号［J］.井上靖研究会，2003.

125　井上靖研究第4号［J］.井上靖研究会，2005.

126　井上靖研究第5号［J］.井上靖研究会，2006.

127　伝書鳩第 1 号［J］.井上靖記念文化財団，1993.

128　伝書鳩第 2 号［J］.井上靖記念文化財団，1995.

129　伝書鳩第 3 号［J］.井上靖記念文化財団，1996.

130　伝書鳩第 4 号［J］.井上靖記念文化財団，1997.

131　伝書鳩第 5 号［J］.井上靖記念文化財団，1998.

132　伝書鳩第 6 号［J］.井上靖記念文化財団，2001.

133　井上靖と旭川［J］.旭川市井上靖記念館，2004.

134　井上靖と沼津［J］.沼津文学祭開催実行委員会，
　　　2005.

135　追悼井上靖［J］.文学界，1991（4）.

136　追悼井上靖［J］.知識，1991（4）.

137　追悼井上靖［J］.新潮，1991（4）.

138　追悼井上靖［J］.小説新潮，1991（4）.

139　追悼井上靖［J］.群像，1991（4）.

140　追悼井上靖［J］.日中文化交流，1991（5）.

141　佐々木基一，三木卓，磯田光一.創作合評［J］.群
　　　像，1981（8）.

142　佐々木基一，大庭みな子，黒井千次.読書鼎談・井
　　　上靖『本覚坊遺文』［J］.文芸，1982（3）.

143　井上靖，中野浩次.対談・小説作法［J］.文学界，

1983（1）.

144 井上靖，大江健三郎.孔子』について［J］.新潮，
1989（11）.

145 井上靖に聞く——『孔子』から『わだつみ』へ［J］.
文学，1990（1）.

146 追悼井上靖［J］.読書人週刊，1991（2）.

147 井上靖墓前に西域の石［N］.読売新聞，2007-05-
09.

后 记

　　对日本作家井上靖的关注，始于2002年本人重返校园攻读硕士学位阶段。当时在吉林大学图书馆看到一些20世纪80年代井上靖从事中日友好关系方面工作的文献资料，后来又翻看了井上靖创作的《敦煌》《楼兰》等中国题材历史小说，其后，发现当时国内对这位作家的研究并不多，于是，开始大量阅读相关文献资料准备从事研究。

　　在攻读硕士学位的第一年的冬天，挚爱的父亲突发脑溢血昏迷不醒49天，每天两千多元的治疗费用，让我想放弃学业，重返工作岗位，赚钱为父亲治病。就在这个念头冒出来的第二天，父亲突然离世。我想，也许是父亲意识到我想弃学的念头，以他的方式拒绝了我。此后，再读井上靖文献资料时，我开始格外留意井上靖对待父亲的离世，以及得知自己身患癌症，开始着手创作中国题材历史小说《孔子》的内容，所以，硕士阶段的论文选题是从生死观的角度解读井上靖的文学作品。这些年一直关注国内外井上靖文学研究的最新成果，在中日两国学界井上靖文学的研究成果中，也许我的硕士论文是第一篇从生死观角度解读井上靖文学作品的研究论文。

　　虽然井上靖的中国题材历史小说是以中国的人物或地

理为题材创作的作品，但是对于一般的中国人而言，这些人物或地理风貌还是非常陌生的。例如，小说《苍狼》中的成吉思汗，还有《敦煌》里的莫高窟。在攻读博士学位期间，我首先攻克了井上靖中国题材历史小说中阅读难度比较大的一部作品——《苍狼》，因为这部小说内容涉及的少数民族名称、人名和地名太多，又太长，很难记忆！第一次阅读这部小说原文时，拿着地图，还有一堆相关中文文献对应着看，并在小说上标注地名、人名的汉语读法。也就是这部小说，让我深深佩服作家井上靖的创作勇气，是何等的热爱，才敢于挑战这么艰难的题材进行创作。为了更好地理解井上靖的作品《敦煌》，也是在博士就读期间，曾前往敦煌近距离观看莫高窟壁画，对井上靖描写过的《胡旋舞》《若羌村》有了更直观的认识。此外，还前往山东曲阜寻访孔子故里。虽然这些直观认识对于进行文学研究没有直接作用，但是，再阅读研究井上靖笔下的这些作品时，却感觉好像少了一些隔阂，可能是对作品涉及的地理风貌本身少了些陌生感，也可能是更加理解井上靖创作的感受。

博士毕业后，进入北京师范大学文学院比较文学与世界文学博士后流动站，博士后的主要工作是与指导教师合作科研，当时接受的工作任务是做北京师范大学"中国语言文学学科211第三期工程建设课题"之一"新世纪中国文学海外译介与研究文情报告"（日本卷）工作，这项工作涉及的内容比较广，所以，近十年来主要工作精力都放在了中国文学在日本的译介与研究情况调查研究方面。但同时，也一直关注着井上靖文学的研究动态，并写过三篇研究论文。在这十年间，国内对井上靖文学研究依旧方兴未艾。以2018年中国外国文学学会日本文学研究会第16届年会暨国际学术研讨会上口头发表的论文内容为例也能够窥见一斑。中国外国文学学会日本文学研究会是中国国内规模最大，会员人数最多的日本文学研究机构，每年年会参会人数都有一百多人，2018年中日两国学者在会上口头发表了181篇日本文学研究论文，有关井上靖文学的研究论文就有7篇，与村上春树、大江健三郎的研究论文数量相同，甚至高于夏目漱石、芥川龙之介等作家的研究论文数量，论文选题角度大多集中在中国题材历史小说方面。实际上，井上靖文学在中国学界的研究现状也是如此，选择井上靖文学为研究对象的学者很多，但是选题大多集中在中国题材历史小说方面，很少有对井上靖其他题材或其他体裁进行文学作品的研究。如前所述，井上靖是位高产的作家，生前共创作了长篇小说74部、短篇小说270部、散文诗462首、随笔两千余篇，但是中国学界目前只是对其18篇中国题材历史小说进行了重点翻译和研究，对散文诗和随笔中涉及的丝绸之路、西域文化、战争反思的内容翻译和研究不足，对深受中国文学影响的井上靖其他题材的历史小说、社会小说的研究甚少。尽管研究异国作家的中国题材作品有益于我们了解中国文学在异域的传播变异的情况，但是如果能对创作过中国题材作品的作家进行更加全面的研究，将更加有助于我们了解中国文学在异域的传播影响全貌。所以，笔者还想把今后研究工作的重心放回到井上靖文学研究方面。于是，将近几年发表的井上靖文学方面的研究论文与一部分博士论文内容放在一起，重新构架体系，以《井上靖的中国文学视阈》为题，交付知识产权出版社出版。

是为记。

卢茂君

于2018年初夏　长春